ŒUVRES POÉTIQUES

D'ÉMILE NÉGRIN

TOME I

LES CONTES COURANTS

Deuxième Édition

CORRIGÉE ET AUGMENTÉE

1875

ŒUVRES POÉTIQUES

D'ÉMILE NÉGRIN

TOME I

LES CONTES COURANTS

ŒUVRES POÉTIQUES

D'ÉMILE NÉGRIN

TOME I

LES CONTES COURANTS

AVEC INTRODUCTION ET CONTROVERSE PHILOLOGIQUES

Deuxième Edition

CORRIGÉE ET AUGMENTÉE

1875

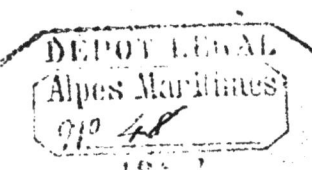

Nice, à l'Imp. Verani et C., boulevard du Pont vieux, 32.

INTRODUCTION PHILOLOGIQUE

La poésie brille en tête de toutes les littératures de l'antiquité : David, Homère et Virgile gardent encore toute leur puissance et tout leur éclat intellectuels. Les peuples qui s'étaient fait un nom par les armes, n'ont rien transmis de leur langue à la postérité, parcequ'ils n'avaient pas de poésie remarquable : témoins, les Assyriens, les Mèdes, les Carthaginois, et tant d'autres. Cependant, de toute nécessité, ils devaient avoir une prose assez perfectionnée ; leurs monuments, dont subsistent toujours les belles ruines, eussent été impossibles sans cela. Au commencement de l'ère moderne, nous constatons la même influence. Ce sont l'Alighieri et le Tasse, qui mettent le sceau de leur génie à un idiome

vulgaire pour le transformer en langue classique. Plus
tard, c'est le tour de Milton. Des Portugais nous ne connaissons que le Camoéns. Le livre si plaisant de Don
Quichotte forme peutêtre la seule exception. L'Orient
n'a pas échappé à cette loi : les Arabes racontent leurs
hauts faits dans de petites pièces de vers qu'ils appen-
dent à la muraille des Mosquées ; les Indous ont des
poèmes interminables ; et la mémoire de tout bon Chi·
nois est émaillée de sentences poétiques.

Les choses partout aujourdhui se passent encore
ainsi. Sans le mérite de deux ou trois de ces poètes, jamais la Germanie n'aurait vu une oreille étrangère se
plier à son barbare langage. Ce ne sont pas nos romans
seuls qui ont rendu universelle la langue de la France ;
notre poésie y a beaucoup contribué par sa douceur et
par son admirable netteté. Molière, Hugo et Lamartine
appartiennent à l'Europe entière. Un ouvrage de prose
nouveau trouve d'abord plus de lecteurs, mais il passe;
un recueil de bon vers met plus de temps à se faire,
lire mais il reste.

Si donc, dans tous les idiomes, à la poésie revient le
premier honneur, si celle-ci n'a d'existence durable que
fixée dans le stile le plus épuré, où les observations
d'un poète au sujet des quelques défectuosités de son
instrument grammatical seraient-elles mieux placées
qu'au fronton de ses œuvres poétiques ?

C'est parceque nous aimons notre langue avec enthousiasme, que nous voudrions la rendre plus parfaite. *Qui benè amat benè castigat.*

On est à cette heure spectateur de deux scènes qui se déroulent simultanément sur le théâtre de l'humanité : la vulgarisation et la décadence du Français.

La vulgarisation se remarque chez tous les peuples ; elle a l'évidence de la lumière ; elle augmente chaque jour, avec le perfectionnement social dont elle est un des agents providentiels. Nul ne songe à la nier, nous ne songeons pas à le démontrer. Elle est du re...ne conséquence toute rationnelle de la nature clai... et méthodique de notre idiome, de la multiplicité de nos chefs d'œuvre littéraires, enfin de la prouesse légendaire de nos soldats qui, sous la première République et sous le premier Empire, l'ont parlé à travers tant de métropoles.

La décadence ne se manifeste pas moins. Pour tant que les pessimistes fulminent contre le fond de la littérature contemporaine, ils n'auront jamais exprimé la tierce partie des reproches que la forme peut encourir. Le fond est une affaire de morale et d'époque. Le fond de la plupart des livres de l'antiquité n'a guère droit au prix Monthyon, pas plus que le fond de bien des livres publiés après Jésus: mais au moins dans les premiers les langues brillent d'un éclat qui n'a pas encore été

éclipsé. Or, sous le rapport de l'esthétique, mieux vaut
un ilote qui drape sa perversité dans la pourpre qu'un
ascite qui enveloppe sa sainteté de haillons ; mieux vaut
la *Vénus* de Guide que la *Vénus* de Cos ; mieux vaut
l'*Antiope* lascive du Corrège qu'un Masaccio, pudique-
ment vêtu jusqu'au cou.

Nous ne voulons parler que de cette décadence de la
forme. Elle se montre et menace partout. Les esprits
observateurs la dénoncent, les esprits spéculatifs s'en
affligent.

Jetons en effet les ieux au tour de nous. On compose
les feuilletons avec la phraséologie des coulisses théâ-
trales ; on dialogue les vaudevilles avec le glossaire des
boulevards ; on rédige les bulletins de la presse avec
des mots Anglais ou Allemands, c'est à dire grotesques :
est-ce là du Français ? Qui de nous peut se vanter de
comprendre d'un bout à l'autre la polémique la meilleure
de la meilleure des gazettes ?

Nous savons bien les causes du mal... Le changement
de l'art en métier ; la rétribution a tant la ligne, qui
inspire le désir de grossoyer beaucoup pour gagner en
proportion ; la non-existence d'une autorité grammaticale, à la quelle rimeurs et prosateurs soient soumis, et qui
empêcherait cet envahissement progressif des termes
d'outre-Manche et d'outre-Rhin ; enfin la profusion et
l'impunité des petites feuilles hebdomadaires où, sous la

dénomination avilie d'hommes de lettres, des jouvenceaux, échappés à peine des bancs de l'école primaire et souvent des bancs de la police correctionnelle, viennent souffleter notre langue... N'est-ce pas cela ?

Hélas ! que nous font les causes, quand la blessure saigne, et quand est menacée de mort l'altière fille des Druidesses ?

Le dilemme est posé : ou la vulgarisation qui nous distille l'orgueil, ou la décadence qui nous inflige l'affront ; ou favoriser la première en arrêtant la seconde, ou laisser empirer celle-ci qui est la négation de celle-là. Il faut choisir. Deux faits si contraires ne peuvent plus subsister à la fois pendant longtemps. La rose ne pousse pas sur des cendres, les villas ne s'élèvent pas parmi des ruines, on n'abrite point un berceau sous une tombe.

Néanmoins à ce torrent du mauvais goût une digue peut être opposée : c'est la régularisation.

D'aucuns vont d'abord se récrier. On a si fort l'habitude de répéter que « régulariser une langue est une utopie ; qu'une langue doit suivre la marche de l'intellect humain ; qu'une langue se modifie à l'instar des mœurs, des usages, des opinions et des habits ; qu'une langue est comme un métal malléable, etc·, etc· ». On ne peut décemment renoncer à tant de maximes héréditaires, et on regimbe. On a tort.

Ces objections sont justes, quand il s'agit d'une

langue se formant dans le cerveau impersonnel d'un peuple qui lui-même s'organise ; elles le sont encore, quand il s'agit des nationalités anciennes, dont la langue parvenue à son point de perfection, manquait d'institutions tutélaires contre les assauts de l'ignorance. Mais aujourdhui, avec l'imprimerie, les conditions sont changées.

Les langues modernes ont jailli, par étincelles successives, du choc des rauques dialectes du nord contre le latin expirant. Nous n'avons pas à discuter les caprices qui ont enfanté telle ou telle autre expression rebelle à l'analise, les gallicismes, les italicismes ni les hispanismes. Nous devons prendre l'ensemble comme il est actuellement.

En France, depuis Voltaire, cet ensemble est complétement délimité ; reste à le formuler, ainsi que Legendre a formulé la géométrie, ou Arago l'astronomie.

Alors notre langue aura la qualité fondamentale de toute science, la régularité dans les principes. Quand le soleil est arrivé au Zénith de sa carrière splendide, il décline, à moins qu'un Josué n'intervienne; quand la fleur d'une langue a atteint son épanouissement extrême, elle s'étiole, à moins qu'on ne l'enserre dans un vase d'or. Le vase d'or, c'est la loi. Qu'importent les tournures et les expressions nouvelles introduites par les besoins nouveaux, si l'acception des mots et le mécanisme de la sintaxe restent toujours les mêmes? C'est là que la fixation devient possible, et que la loi est nécessaire.

Où se trouve en effet parmi nous la loi grammaticale? Du côté de l'Académie? On a parlé des contradictions, des erreurs et des omissions dont fourmille déja son dictionnaire arrivé à peine à la lettre L. Du côté des grammairiens scolaires? L'abbé Lhomond n'a produit qu'un rudiment erroné, et les magisters Noel et Chapsal ont encore les mains rouges des coups de férule d'Alphonse Karr. Du côtés des grammairiens libres? Vous n'avez qu'à ouvrir Boiste, Nodier, Duvivier, Poitevin, Landais, Bescherelle et cent autres, vous les verrez en continuelle opposition, et vous les surprendrez en flagrant délit de naïvetés personnelles, bien plus frappantes que celles qu'ils reprochent à autrui.

Et cependant, au milieu de tant d'appréciations diverses, chacun de nous sait parfaitement démêler celle qui est conforme au bon sens. Lorsqu'un grammatiste divague sur les accents circonflexes, l'autre sur les majuscules, l'autre sur le tréma, l'autre sur les noms composés, l'autre sur les pluriels en *ens*, l'autre sur l'adjectif *demi*, l'autre sur la quantité de *amitié*, ou bien l'autre sur les verbes accidentellement transitifs, nous, nous sourions et tirons vite la vraie conclusion. Il se forme donc une résultante de l'intelligence de nous tous.

C'est cette résultante qui doit être la table d'airain. *Vox populi, vox Musarum.*

En vérité la chose est singulière : il y a un code pour les débitants d'absinthe et d'eau de vie, un code pour les avoués, les chasseurs de passereaux et les pêcheurs de fretin, un code pour les assureurs, les banquiers et les agents de change, un code pour une foule d'individus à occupations triviales; et ils ne se rencontre pas de code pour les écrivains, dont l'occupation créatrice est un attribut dérobé à Dieu. La science algébrique a son traité, devant lequel tous les mathématiciens s'inclinent; la science anatomique en a un, qui commande à tous les chirurgiens ; la phisique, la chimie, la géologie chaque science a le sien que personne ne conteste ; et la grammaire, la science par excellence, celle qui précède toutes les autres, celle qui sert à les exprimer, la grammaire n'a pas de traité régulateur. Il y a unité de poids, de mesures, de monnaies et d'administration ; et il n'y a pas unité de langue écrite.

L'heure de combler une telle lacune ne sonne-t-elle pas ? Ecoutons à l'horizon littéraire. Tous les écos répondent « oui ».

N'ayons pas l'air toutefois de faire des projets chimériques. Examinons la possibilité. Notre siècle, qui est assurément le siècle le plus fécond et le plus laborieux, s'est adonné à la philologie autant qu'à l'histoire et à l'arkéologie; le beau travail de Littré prouve cela surabondamment. On a étudié les papiers poudreux, les charies, les palimpsestes; la lingüistique a été mise à nu comme Marsyas; et les compilations relatives à cette branche des connaissances se sont multipliées à l'infini. Aussi nous n'avons qu'à nous rappeler comment est née notre législation. On a pris les ordonnances royales de chaque province; on les a compulsées, puis choisies, puis débattues; et de ces matériaux coordonné notre loi civile est sortie, comme le lingot d'or sort des minérais fondus ensemble.

C'est donc au sein d'une commission spéciale, qu'on pourrait vérifier les critiques déjà parues; discuter les méthodes, les définitions et les règles; déterminer l'emploi des majuscules et celui des signes; fixer le pluriel des noms composés et des noms d'origine étrangère; bref trancher tant de différends qui divisent les précepteurs et embarrassent les élèves. Dès lors, dans ce sanctuaire du savoir commun, serait élaborée une grammaire vraiment Française qui annulerait ses précurseuses, qui dominerait comme la bible, qui ne contiendrait plus de fautes particulières, qui ne légitimerait plus de discordance, qui changerait en comparses impuissants les futurs commentateurs de la sintaxe, et qui s'imposerait à tous les Français, puisqu'elle serait l'élucubration de toute la France. Nous disons « de la

France » et non « du gouvernement », car, pour rallier à cet acte solennel les simpathies générales, il faudrait en effacer la moindre teinte officielle.

Mais, cette loi invariablement formulée, nous avons besoin d'une sanction.

C'est ici que le mécanisme de notre organisation sociale nous donne un avantage immense sur les générations éteintes.

Jusqu'en 1800, les hommes à qui on adressait une observation tecnologique, ripostaient bêtement « c'est l'usage », pareils à ces dames mal attifées qui s'excusent de l'incommodité d'une toilette en répondant « c'est la mode ». Le gros troupeau des moutons de Panurge adoptait une excentricité graphique ; et, quoi qu'objectassent les philosophes, la niaiserie s'en allait *crescendo* comme sa parente la calomnie. Il a fallu une flagellation dramatique pour sauver les Français du venin des Précieuses ridicules ; il a fallu toute la vigueur du roi Voltaire pour nous débarrasser de j'*étois*, *mangeois*, *écossois*, etc·; il a fallu des siècles de protestation pour faire disparaître *amy*, *octroy*, *jepus* (de puer), *obiet* (objet), *iuge* (juge), *auide* (avide), *vne* (une), etc·: il a fallu des efforts inouïs pour ébranler POETE, POEME, *iambe*, *parens*, *enfans*, *&c·*, absurdité pour les quelles tiennent encore bon les imprimeurs de pacotille.

Dieu merci ! on n'en est plus là. Au tiran usage, ré-

puté invincible, on peut opposer un tiran, qui est réelle-
lement invaincu : « la tripe », selon l'expression Goi-
loise de Rabelais. Plus de profession libérale, sans diplôme, plus de place aux administrations sans diplôme, plus d'officiers sortis des écoles sans diplôme,
plus de professeurs ni d'instituteurs sans diplôme ; c'est
pourquoi, en n'accordant le diplôme qu'aux jeunes gens
qui auraient appris l'orthographe et la grammaire usitées dans les collèges, on forcerait bientôt les pension-
nats particuliers à opter entre le respect de la langue
épurée ou la privation du diplôme. Or le diplôme, c'est
le pain. Le pain seul assouvit le vorace dont parle l'auteur de Pantagruel. La voilà donc la sanction de la loi,
le diplôme.

Prendre croque-mitaine usage par la faim, ne serait-
ce pas un bon tour ? Nous nous figurons l'humiliation
d'Octave et de Tibère, eux qui malgré leur omnipotence
ne purent ajouter une lettre à l'alphabet Romain, s'ils
ressuscitaient et s'ils voyaient radier par un simple arrêté du ministre de l'instruction publique toutes ces
anomalies dont une tolérence coupable agrève notre langue. Une bulle de Grégoire XIII opéra autrefois dans
les millésimes un changement qui gênait beaucoup, et
il fut accepté ; un caprice de Louis XIV fit masculin le
mot *carrosse* qui était féminin, et personne n'osa plus
dire « ma carosse ». Est-ce qu'on n'accueuillerait point

par intérêt ce qu'on a accueuilli une fois par dévotion,et une autre fois par flagornerie ? La voix de l'estomac est si terriblement impérieuse. Nous connaissons des avocats à qui la cage de Louis XI, le chevalet des inquisiteurs, ni la cigüe des arhontes ne feraient jamais dire « vive Henri V ! », et à qui néanmoins un président de tribunal impose arbitrairement la puérile obligation de raser leur barbe. Ils grommellent, mais ils se soumettent. Question d'honoraires, question de diplôme. Nous prévoyons cependant plusieurs objections, et nous allons essayer d'y parer.

« Y a-t-il urgence ? » demanderont les partisans de la routine. Nous leurs répliquerons « y a-t-il décadence ? ». Si notre arche sainte est assaillie de tout côté par les Philistins du petit journalisme, ne faut-il pas armer les lévites ? Assistez à la discussion d'un adverbe ou d'un participe ; cherchez la solution du problème dans la plupart des ouvrages anciens ; allez même pour cela jusqu'à les feuilleter tous,comme un véritable bénédictin. (*)

Mettez encore à contribution les travaux volumineux publiés de nos jours, les Landais, les Bescherelle, les Poitevin, les Larousse, etc·, etc· Vous verrez si devant leur contradiction vous n'éprouvez pas le besoin d'une autorité sans appel. L'un veut blanc, l'autre veut gris,

(*) Voir la bibliographie placée à la fin de la controverse philologique.

l'autre veut rouge, l'Académie veut noir ; et, chose pé-
nible à confesser, si on ne savait que la moitié des aca-
démiciens se compose de seigneurs ou d'abbés n'ayant
jamais employé que la prose de m' Jourdain, l'Académie
a presque toujours tort. Tel imprimeur adopte une première orthographe, tel autre en adopte une seconde. Il
n'y a pourtant pas deux manières d'écrire *parents* au
pluriel, ni d'accentuer *Leboué*. L'anarchie en fait d'écriture n'est-elle pas la plus saugrenue des anarchies ?

Nous le répétons, le vent de notre siècle est aux recherches et aux améliorations. Partout on élargit les
labirinthes de chaque science comme les ruelles de
chaque grande ville ; on crie haro sur toutes les routi-
nes, jusque dans les recoins les plus isolés de l'Europe;
on démolit, on efface, on transforme, on alligne, on cor-
rige, on perfectionne. Au milieu de ce mouvement général et fébrile, il est impossible qu'à la science seule
de la langue il soit défendu de rompre avec des habitu-
des erronées.

« En dehors des licées et des fabriques de diplôme, le
redressement orthographique sera-t-il accueuilli ? »

Nous n'avons pas à nous en occuper. Dans quinze ans
la jeunesse de France, n'ayant plus sous les ieux que
la grammaire et le dictionnaire universitaires, sera
toute amenée à ortographier d'après la logique et non
d'après le bon plaisir de l'usage.

2

Quant aux vieillards, on les laissera quiètement mourir dans leur impénitence grammaticale, comme sont morts l'un après l'autre les amateurs obstinés de la perruque poudrée et de la chevelure en queue.

Du reste, qui enseigne aux générations naissantes à écrire irraisonnablement *savon dissous, bonneterie, bijou, providentiel, équiangle,* je *crains, quadrature,* etc· ? Qui baptise un *amulette* et un *strige*? Qui enregistre ces kirielles d'exceptions qui rébutent les étrangers, dont tout le monde se plaind, que tout le monde trouve inconséquentes, et que personne n'a le courage de jeter par dessus les classiques moulins? Ne sont-ce pas les mauvais traités élémentaires? Lorsque la grammaire prototipe, œuvre de la commission, étant la seule adoptée pour l'instruction publique et par suite la seule achetée par les étrangers, enseignerait d'écrire *savon dissout,bonnetterie,bijous,providenciel, équiangle,* je *crainds, quadrature,* une *amulette,* une *strige,* etc·, la réforme ne sera-t-elle pas accomplie? aura-t-elle coûté la moindre goutte de sang? A peine une goutte d'encre.

Le grand mal en cette matière, c'est qu'aucun lexicographe n'a encore été écrivain assez supérieur pour donner aux rectifications les plus pressantes la sanction de sa renommée. S'il y a un mouvement, c'est celui de la tortue, quand ce n'est point celui de l'écrevisse. Tel qui pérore avec emportement contre *tierce* venant de *tiers* manque de courage au moment d'écrire tierse. Tout est là cependant, il faut que quelqu'un commence.

A la fin du dernier siècle, on disait encore *le coNvent*. Qui donc a commencé à dire *le coUvent* ? Est-ce un philologue trop délicat qui a sacrifié l'étimologie à l'euphonie ? Est-ce un calligraphe qui s'est oublié dans sa passion des beaux jambages ? N'importe, (*) on ne dit plus, et les lexicographes n'enregistrent plus que *couvent*.

Que George Sand, Hugo, Karr, About, Thiers, etc·, s'accordent à imprimer leurs chefs d'œuvre cosmopolites en en supprimant les exceptions gratuites de la grammaire routinière, voilà nos rhéteurs, nos pédagogues, nos universitaires et nos annotateurs passablement déroutés, toute la famille des frélons mise sous l'éteignoir, et le bon public acceptera ce qui viendra de si haut.

Le jour où Bâcon a inauguré la méthode expérimentale qui renversait les notions acquises de l'humanité, le public n'a-t-il pas accepté ?

Le jour où le chantre de la HENRIADE a vulgarisé les terminaisons j'*étais*, je *marchais*, je *mangerais*, *Anglais*, tu *portais*, etc·, le public n'a-t-il pas accepté ?

(*) Chose assez étrange ! en 1869, à Nice, pendant toute une conversation, un bourgeois campagnard nous parla et du coNvent de Cimiès et du coNvent de St-Pons.

Le jour où la Convention a imaginé les mots *centime*, *mètre*, *gramme*, etc·, le public n'a-t-il pas accepté ?

Le jour où Lavoisier a composé les mots *sulfide*, *iodure*, *azotate*, etc·, le public n'a-t-il pas accepté ?

Si l'illustre et digne Littré, qui vient d'élever le plus superbe monument à la gloire de notre littérature, avait daigné mentionner, à côté de chaque terme irrégulièrement écrit, la forme régulière qu'impose le génie de la langue Française, qui oserait prétendre que le public n'eût pas accepté ?

Jamais nous n'admettrons que le public, c'est à dire des marchands de drogues, des agents de change, des dentistes, des huissiers, des avocats, des sigisbées de salon, des maîtres d'hôtel, etc·, puisse, quand il s'agit de langue, résister à George Sand, à Hugo, à Karr, à About et à Thiers réunis. Imbéciles de petits grammairiens qui s'en vont criant et recriant « l'usage par ci, l'usage par là », sans soupçonner qu'ils constituent ce despotisme de l'usage, puisque c'est d'après eux que nous avons tous appris à assembler des sillabes. Dès l'instant qu'ils ont cessé de sanctionner les bizarreries étimologiques du moyen âge, l'écolier ne les a plus reproduites. Qu'ils cessent de violenter les adjectifs *nu*, *demi*, *feu*, et on verra si leurs disciples soumis ne trouveront pas ces adjectifs aussi naturels que les autres.

On admet généralement que l'Académie doive servir

de régulatrice : c'est sur elle que les universités se modèlent. Or. voici comment débute la préface du dictionnaire académique de 1694 :

« On ne sçauróit trop desplorer que l'Académie Françoise qui estoit maistresse d'escrire les mots de nostre langue sans s'escarter, comme il luy a pleu de le faire, de l'orthographe nationale, telle q'elle se monstre dans nos vieux dictionnaires, nos anciens manuscrits et mesme nos anciens autheurs, poëtes et prosateurs des XV° et XVI° siècles, ait creu résister aux prétentions des sçavants qui ont bien voulu revestir nostre langue françoise à la Romaine et à la Grecque. Par ce système, j'oserois dire cette foiblesse, se sont considérablement accreües les difficultés dont se plaignent les estrangiers; elles desgoustent les païsans qu'elles destournent de l'estude, et esloignent les enfants des escoles. »

A cette époque, tout le monde croyait orthographier parfaitement en adoptant cette orthographe. Les éditions princeps de Bossuet, de Corneille, de Fénélon, etc', sont écrites de la sorte. Aujourdhui l'Académie a sanctionné une orthographe plus commode, et tout le monde s'y soumet ; on y soumet même nos grands écrivains du XVII° siècle qui sont réimprimés avec les améliorations survenues. Que demain l'Académie achève l'œuvre d'épuration et de régularisation, et la France se soumettra encore : nous ne demandons pas mieux que d'avoir des autorités irréprochables sur qui nous appuyer.

En 1762, l'Académie faisait le mot armistice féminin ; et les dociles écrivains suivaient les ordres des quarante. En 1798, l'Académie éprouva le besoin de faire, en dépit de la terminaison, le même mot masculin ; et les écrivains, toujours dociles, ont obéi sans régimber. Ce fait ne nous donne-t-il pas raison ?

Il est difficile de se figurer une amélioration plus importante que celle que le dixième siècle apporta à la numération écrite ; c'était une transformation radicale ; il s'agissait d'anéantir cavalièrement les procédés d'Archimède, de Pythagore, d'Euclide, des plus grands mathématiciens ; mais aussi il s'agissait de mettre la science des chiffres à la portée du vulgaire, et d'écrire ingénieusement 488,598 au lieu de ccccLxxxviiiDLxxxxviii. On n'hésita point. Pourquoi hésite-t-on quand il s'agit de mettre la science des lettres un peu plus à la portée du même vulgaire ? Il n'y a pas deux manières de vouloir.

Observons que cette amélioration logique, qu'on rendrait immédiate, s'opère d'elle-même lentement, fatalement. On peut suivre dans les auteurs des quatre derniers siècles la succession des changements orthographiques. On voit sans peine les traces de ce travail sourd et continu : *regitre* n'a pas encore tout à fait détrôné *registre*, *roide* subsiste concurremment avec *raide* ; et si

quelques personnes écrivent encore *insçu, imbécille,
quarré, n'a guères, sur tout, clef, le bled, d'avantage,
shall, shako, auto-da-fé, kanguroo, toast, dizain, fac-
totum, hermitte, silhouette, thaler,*

 choléra, scholaire, métempsychose, synecdoche,

 *amydon, satyre, sylphe, sylvain, syrtes, syphilis, sycomo-
re, azyde, Henry, lys, crystal, jury, synonyme, payen,
bayonnelle, fayence,*

 Æther, æsthétique, Ænée, œconome, homœopathie, etc,
la généralité ne manque pas d'écrire avec mille bonnes
raisons

 *insu, imbécile, carré, naguère, clé, blé, davantage,
chal, chako, autodafé, kangurou, tost, dizain, factoton,
ermite, silouette, taler,*

 coléra, scolaire, métempsicose, sinecdoque,

 *amidon, satire, silphe, silvain, sirtes, siphilis, sicomore,
azile, Henri, lis, cristal, juri, sinonime, païen, baïon-
nelle, faïence.*

 éther, esthétique, Enée, économe, homéopathie, etc.

 Il n'y a qu'à favoriser cette généreuse tendance, à de-
vancer l'usage au lieu de l'attendre et à s'empresser
d'écrire *vagon* avant qu'il ait imposé *wagon.*

 Malheureusement, au train dont nous mènent les journalistes, les Français seront retournés à l'état de Welches
avant que leur langue ait reçu tous les perfectionnements
qu'elle comporte : la belle crisalide aura été écrasée

sous le pied des ignorants avant de s'être changée en papillon superbe.

En présence d'un tel danger, nous ne voyons guère pourquoi l-on diffère la publication de cette grammaire une et invariable et celle de ce dictionnaire modifié, qui seraient l'orient d'une ère nouvelle. Les ouvrages antérieurs à l'arrêté ministériel dont la date deviendrait célèbre, continueraient à être imprimés avec leur orthographe originelle, voilà tout. Nos tipographes ne s'y prennent pas différemment à l'égard de Rabelais, de Commines, de Brantome, de Montaigne, d'Amyot, de Marot, de Régnier, de tous nos bons vieux maîtres.

Quelques trembleurs nous répondront : « Vous n'êtes pas au rang de ces énergumènes décidés à conformer l'écriture à la prononciation (*ome é fame sont fé pour émé*), ce qui ferait repasser notre langue savante dans la catégorie des idiomes les plus primitifs ; vous n'imitez point ces scoliastes en us, avides de tout ramener à l'étimologie (*feme, home, choléra, phlegmon*, etc.,) ce qui serait renouveler la tentative déplorable de Ronsard ; vous admetteriez avec répugnance la suppression absolue du *th,* du *rh* et du *ph* (*Teofile, rétorique, filosophe,* etc.,) parceque cela changerait trop sensiblement l'aspect graphique du Français ; vous n'organisez pas une révolution de barricades, mais enfin vous conseillez une révolution de palais ».

Nous leur ferons observer que cette révolution toute pacifique, que sollicitent les aspirations générales du progrès, a déjà un précédent. Au commencement du présent siècle, l'Académie Espagnole a corrigé et fixé la langue de la péninsule ; tous les Espagnols, bon gré, mal gré, se sont soumis à la réforme ; et le fier idiome de Lope, de Caldéron, de Cervantès, ne m'a pas l'air de s'en porter plus mal.

Autre observation. Notre Académie a osé quelque chose d'approchant. Un jour d'heureuse inspiration, elle a déclaré qu'on peut dire des *ails;* et les deux tiers des citoyens ont cessé de faire une exception peu euphonique à la règle des pluriels des noms. Si elle eût déclaré valables pour l'écriture, comme ils le sont pour l'oreille, les pluriels *bails, émails* et *corails,* nous supposons que le litige ne serait pas loin d'être vidé.

Il ne s'agit pas ici de sistème. Créent un sistème ceux qui veulent tout calquer sur l'étimologie et ceux qui veulent tout plier à la prononciation. Lorsque dans le même cas les uns disent noir et les autres blanc, demander qu'on dise partout noir ou partout blanc, ce n'est pas créer une sistème. Le mot seul est fatal : pour les petites gens, un sistème n'est autre qu'une lubie. En réalité, tout sistème est une innovation bonne ou mauvaise, qu'on peut admettre ou repousser : toute régularisation, au contraire, s'adresse à la logique de l'esprit, et on ne peut la nier sans nier aussi l'intelligence elle-même. Notre simple régularisation ne tient donc point du sistème.

« Mais » continuera-t-on « le dictionnaire et la grammaire universitaires constitueraient un monopole. »

D'abord, si ce monopole s'établissait, il ne dépasserait en vexation ni celui du tabac qui empoisonne les gens, ni celui des cartes qui les ruine, ni celui de la poudre qui les tue, ni celui des armes qui les tirannise, ni celui des allumettes qui semble rationner la lumière, ni celui du sel marin qui est une injure envers l'Océan, ni celui de la poste qui rend délinquants les petits porteurs de billets doux ; ensuite on empêcherait bien cette accusation de surgir, en laissant aux éditeurs de France et d'Algérie la liberté complète de faire colporter tous les lexiques hétérodoxes. Probablement ces négociants, si féroces pour les jeunes auteurs qui débutent, trouveraient encore, dans maint séminaire et dans maint externat de demoiselles, un débouché proportionné à leur marchandise. Au reste, ce monopole existe déja ; seulement il s'exerce au profit de cinq ou six coriphées de l'Université qui, sans cesse brouillés dans le domaine de Vaugelas, montrent l'entente la plus cordiale devant le coffrefort des libraires.

Nous respectons trop nos lecteurs pour leur faire l'injure de nous occuper ici de ce que deviendraient les trente mille francs de rentes de messieurs Noel et Chapsal.

« Vous n'avez pas le droit » s'écrieront peutêtre encore les routiniers « de corriger ce qui a été parachevé par des millions d'individus. » Voilà une naïveté qui ressemble à celle ci : « Vous n'avez pas le droit de corriger le dessin des magots, parcequ'il a été approuvé par des millions de Chinois ». Quoi ! le cri superbe de Galiléo no serait plus la preuve historique que la science d'abord méconnue et faible l'emporte tôt ou tard sur les innombrables sots qui l'oppriment !

« Enfin, » ajouteront en dernier lieu quelques récalcitrants, « nous admettons votre régularisation de la sintaxe, votre suppression des quiproquos ortographiques, votre simplification des règles, votre pacification des grammaires par le glaive d'Alexandre ; tout cela augmentera la flatteuse vulgarisation de notre langue, facilitera l'étude du français aux étrangers et surtout aux Français dont si peu savent lire; nous en convenons; cela voire arrêtera une décadence dont nous sommes autant affligés que vous, nous aurons une grammaire perfectionnée et invariable. Mais le dictionnaire, vous n'avez pas l'outrecuidence de vouloir le rendre immuable. »

Pourquoi pas ?

Les sciences, l'industrie, le commerce, progressent ; la chose est incontestable. Le cœur, l'esprit le bon sens, progressent-ils ? Hélas ! on sera bien obligé de branler négativement la tête. L'homme n'a sous sa mamelle gauche ni un sentiment ni un battement de plus ; ses idées font comme le serpent de la médecine, un cercle ; ses préjugés, toujours multiples, toujours tenaces, résistent aux plus judicieuses attaques ; et la lumière enorgueillissante de la bobine de Rumkoff n'a pas rendu sa raison plus clairvoyante.

On voudra bien nous avouer que Massillon, Bernardin, Molière, Rousseau, ces cignes et ces aigles qui se sont illustrés par la langue Française tout en l'illustrant elle-même, ont eu des pensées aussi transcendantes que celles des rédacteurs des follicules hebdomadaires ; que par suite l'instrument intellectuel qui a servi et suffi à ces grands feseurs de chefs d'œuvre doit pouvoir servir et suffire à nos petits feseurs d'articles. Pour notre part, nous n'avons pas la prétention de réfléchir autrement, mieux ni plus que Pascal ; et quand nous sommes assez heureux pour sentir germer une conception sous notre front, nous n'avons nullement besoin en l'exprimant de faire appel aux lexiques peu sonores des peuples du Nord. Nous voulons placer notre droite sur un brasier ardent, comme Mucius Scevola, si nous n'écrivons durant trois mois de suite, sur des sujets continuellement et essenciellement modernes, sans employer le moindre des mots exotiques de nos journalistes.

Nous l'avons dit ailleurs : le journalisme est le poison lent de la langue Française.

Il n'est pas de chef-lieu d'arrondissement qui ne possède son journal ; il n'est pas de journal de chef-lieu qui
ne possède son rédacteur titré. C'est ce controversiste
important qui rend compte des bals de la sous-préfec-
ture, qui prononce les « paroles bien senties » sur la
fosse du conseiller municipal, qui éclabousse le savant
besogneux, et qui invente ou emploie des termes barbares pour éblouir les bonnes gens : tout ce que les benêts
ne comprennent point, ils l'admirent.

Un beau matin, est enfin posée la première pierre d'un
pont depuis longtemps ambitionné ; notre croniqueur ad-
ministratif qui ne manque pas de s'intituler *reporter*,
chante quelques néoligismes de circonstance sur la lire
de Baour-Lormian, et monsieur le sous-préfet, après
l'avoir embrassé, lui applique une croix d'honneur sur la
poitrine.

Les voilà ces personnages prétentieux qui trouvent
pauvre pour leurs élucubrations la langue complexe de
Fléchier. Mites destructives qui rongent, rongent et
rongeront l'édifice resplendissant de notre littérature,
jusqu'à ce qu'il se soit écroulé et que sur ses ruines
moussues viennent germer en guise de broussailles les
rudes consonnes des Tudesques ! ô déconfort !

A coup sûr, une langue de l'intelligence et de l'amour,
étant formée comme l'est la nôtre, étant susceptible de remplir tous les cadres métaphisiques du raisonnement et de

la sensibilité,peut rester inébranlable au milieu des variations des êtres, ainsi que la roche solitaire au milieu des variations des flots.Qu'on change le stile et la contexture des livres,à l'instar des romantiques,mais qu'on respecte la partie tecnique du langage. Saint George et Grisier ont manié le fleuret d'une manière différente, mais c'était toujours le fleuret.

Badine avec Marot, énergique avec Régnier; alerte avec Montaigne, philosophique avec Descartes, naïve avec La Fontaine, héroïque avec Corneille, douce avec Racine, chaste avec Fénélon, sublime avec Bossuet, correcte avec Boileau,savante avec Montesquieu,galante avec Dorat, magistrale avec Buffon, limpide avec Voltaire,éloquente avec Mirabeau, guerrière avec Napoléon, poétique avec Châteaubriand, sentimentale avec Lamartine, onctueuse avec George Sand, spirituelle avec Méry, passionnée avec Hugo, transparente avec About, notre langue, notre admirable langue ne se plie-t-elle point à toutes les exigences ?

Qu'avons-nous donc à faire de nouveautés comme les suivantes ?

Musculature, collage, marmoréen, exclusivisme,pharamineux, soulographie, mercantilisme, écœurant, gandin, four, déche, constellé, parolier, salonier, lampisterie, etc·, etc·, etc·

Nous avons entendu de nos oreilles un magistrat de

la cour d'Aix, à propos des trois couteaux d'un misérable homicide, nous déclarer en son réquisitoire que « l'assassin était constellé de poignards ». Singulière constellation ! singulière figure de rhétorique !

Ha ! que le comte Joseph De Maistre avait raison, quand il disait, ou à peu-près, que « tout écrivain qui tente d'extirper un vieux mot utile et d'en introduire inutilement un nouveau, devrait être pendu sans pitié, comme un voleur domestique ».

Ça ! trouve-t-on utile que le dictionnaire d'une langue, déja parfaitement constituée s'ouvre pour recevoir ces excréments de la conversation ? Ce n'est pas l'usage abusif qui doit triompher de la règle, c'est celle-ci de celui-là ; ce n'est plus la masse incalculable des forts en thème qui doit guider de talent, au contraire ; ce n'est pas le brigandage séculaire des Napolitains qui doit prévaloir sur la police tranquillisante, c'est elle.

Tous les cent ans, le dictionnaire universitaire serait remanié avec beaucoup de circonspection ; et alors seulement il accorderait droit de colonne aux noms de choses matérielles, imposés universellement par l'accroissement de l'industrie et le développement des sciences. Exemples : *locomotive, vagon, caoutchouc, télégramme,* etc. On aurait soin de s'opposer avec tenacité à l'adoption des mots d'origine Saxonne qui blessent tant le génie latin de notre langue, comme *railway, transway, sport,*

steamer, turf, handicap, raconlar, (*) *reporter, square,
high-life, yachting, trinkhalle,* etc·, mots que les imbéciles mettent si volontiers en avant pour avoir l'air vêtus
d'une exotique peau de lion. C'est là un défaut national. Les Italiens sont plus jaloux de leur belle langue
qui n'a pas varié depuis Dante. Ils ont formé tout exprès
le mot *ferrovia,* comme qui dirait la *fervoie.*

Or, si les Italiens parlent la même langue depuis cinq
cents ans, si Boccace et Pellico se tendent encore la
main, si c'est bien là une véritable fixation, si l'amour-
propre civique et l'horreur des termes barbares ont
procuré cet avantage à la presqu'île Italique, devant
cette force brutale du fait accompli, tous les arguments
contradictoires deviennent de pauvres sophimes, et nous
pouvons obtenir le même résultat par la répression scolaire.

Que personne ne s'alarme. Craindre qu'une pareille

(*) En français tout les mots analogues à celui-ci ont la
terminaison en *age : babillage, radotage, bavardage, com-
mirage, tripotage, persiflage, marivaudage, langage, badi-
nage, message, adage, rabachage, marmotage, sermonage,*
etc· C'est donc *racontage* qu'il faudrait dire.

La terminaison de *reporter* n'est pas conforme au génie
ne notre langue. Les substantifs de ce genre se terminent
en *eur* ou en *iste : conteur, blagueur, hableur, narrateur,
discoureur, rapporteur, explicateur, prêcheur, traducteur,
sermoneur, croniqueur, littérateur, rédacteur,* etc. ; *bol-
landiste, fabuliste, courriériste, journaliste, épigrammiste,
évangéliste, feuilletonniste, moraliste, publiciste, polémiste,
psalmiste, dictionnariste,* et les autres.

pudeur de la langue imprimée n'amène à la longue entre
le discours et l'écrit une divergence semblable à celle
qui sépare l'indoustani du sanscrit, c'est trop craindre.
Les rapports réciproques des classes de la société sont
suffisamment multipliés aujourd'hui ; et le vulgaire sera
obligé de parler et d'écrire comme les auteurs, aussi
longtemps que les auteurs rougiront de parler et d'écrire
comme le vulgaire.

D'ailleurs, une différence assez sensible a toujours
fait distinguer le langage de la populace d'avec celui
des érudits. Les berges du Latium étaient loin de tenir
les propos raffinés de Tityre ; avant Eugène Sue, les
périphrases des voleurs, si chères maintenant aux petits
journaux, n'étaient usitées que dans les bagnes ; les
Russes qui apprennent le français des salons, sont tout
déconcertés à Paris, quand ils entendent causer des artistes ou des ouvriers ; et personne n'ignore la coexis-
tence d'un français bâtard dont aucun vocabulaire n'en
registre les substantifs libertins, et qui a rendu un de
nos poètes malencontreusement fameux, pour s'en être
servi une fois.

Rien donc n'empêchera le futur dictionnaire orthodoxe
de rester éternellement clos aux expressions vicieuses
que le conseil de l'instruction publique aura rejetées, de
même que les dictionnaires d'aujourd'hui ne cessent de
rester clos aux divers jargons des forçats, des feuille-

tonnistes, des artistes, des ouvriers et des étudiants.
« On les emploira néanmoins. »

Oui, mais avec les risques du fruit défendu, dans les
carrefours obscurs des ruelles, ou dans la blafarde clarté
des tavernes, ou au milieu des annonces judiciaires, ou
durant les ébats des collégiens.

Passons sur ces hideux termes d'argot que nous rou-
girions de reproduire. Nous entendons lire tous les
jours des expressions comme celle-ci :

Ingrat vis-à-vis de moi, cette planche mesure trois mè-
tres, il s'en rappelle, à mon endroit, les lundi et mardi,
les père et mère, cette femme paraît vingt ans, la ma-
nière de travailler des filous, etc·, etc· Des échapés de
l'antique Sole ou de la moderne Toulouse peuvent s'obs-
tiner à dire *j'alla* au lieu de *j'allai,* *si* au lieu de *oui,*
femme sage au lieu d'*accoucheuse, aimer à qu'un* au
lieu de *aimer quelqu'un, bêtes fauves* au lieu de *bêtes*
féroces, si joli soit-il au lieu de *pour si joli qu'il soit,*
etc·, etc· ; les gazettes et les revues en fourmillent.
Que cependant un lycéen se hazarde à les glisser dans
sa version finale, ou un candidat à les étaler dans sa
thèse de licencié, et ils nous en porteront de nouvelles.
Cette audace leurs coûterait le diplôme. Contre les irrégularités de ce faux français presque reconnu par l'u-
sage, il y a donc un français régulier et vrai que les
examinateurs font respecter. N'est-ce point là cette

sanction pénale dont nous demandons la généralisation ?

L'intervention de l'université pourrait même par fois s'exercer directement. Lorsque quelque terme du Nord, lancé par un sot, répété par les sots, menacerait d'être francisé par les sots, celle-ci y opposerait le terme national. *Square*, par exemple, ce mot Saxon ou Batave, ce fantasmagorique accouplement de lettres, cet intrus qui cherche à s'asseoir à la mense Gauloise, sans être ni Grec ni Romain, pourquoi *square* n'est-il pas étouffé en naissant comme les monstres des gémonies ? Notre joli mot *parterre* ne signifie pas autre chose, un terrain recouvert de verdure. Qu'il plaise ce soir à monsieur le préfet de la Seine de faire appliquer aux divers parterres de Paris des plaques portant ces appellations « parterre Saint-Jacques, parterre du Temple, parterre des Arts-et-métiers », demain tous les préfets de la province ne manqueraient pas de l'imiter, et après demain notre langue sera lavée d'une souillure. Nous défions nos antagonistes inconnus d'échapper aux tenailles de cette vérité.

La grammaire et le dictionnaire de l'université seraient donc pour la langue ce que la version des septante est pour la religion ; c'est à ces recueils étalons qu'on recourrait dorénavant, en cas de procès, de polémique ou de doute. Ho ! la belle perspective pour le corps à palmes brodées ! Devenir la vestale du feu sacré, rem-

placer l'Académie que Richelieu avait préposée à la sau-
vegarde et au perfectionnement de la langue, et qui n'a
pas rempli une mission si généreuse !

Nous devinons d'ici la pâleur de la gent griffonnante ;
elle s'effraie, elle clabaude, elle répète que l'art de l'écrivain deviendrait trop difficile. Tant mieux ! Nous voudrions qu'on le rendît plus difficile que la sculpture et
que la musique, au moins il aurait ses élus, il serait un
art véritable ; et lorsque Horace retournait ses odes
« nocturna et diurna manu », lorsque Malherbes mettait
deux ans à composer une élégie, lorsque Boileau « po-
lissait et repolissait sans cesse », lorsque Louis Courier
refesait à cinq ou six reprises un simple billet d'in-
vitation, nous ne verrions plus des marauds se croire
supérieurs à ces morts vénérés, parceque chaque matin
ils font un compte-rendu sans rature.

Travaillons à corriger les imperfections de la partie
analitique de notre idiome, nous assurerons la stabilité
de sa partie sinthétique et nous en doublerons le succès.
Le soin donné aux expressions est comme le soin donné
aux minuties de la discipline : ils peuvent paraître pué-
rils, mais l'un fait la force d'une langue comme l'autre
la force d'une armée. C'est la difformité des expressions
qui poussait Addisson à dire que le PARADIS PERDU est un
Panthéon construit avec des briques. Bref, pour aider
à la vulgarisation et pour parer à la décadence du fran-

çais, nous devons à la fois en supprimer les difficultés conventionnelles qui dégoûtent l'étranger, et en maintenir la correction traditionnelle qui l'attire.

Dernière considération.

Pense-t-on que l'université ferait mal d'enseigner un tantinet la grammaire ? Nous avons ouï reprocher à nos compatriotes leur faible aptitude pour les langues vivantes ; nous leur avons entendu accorder en même temps et assez à tort la connaissance parfaite de celle que nous parlons. Que serait-ce si on savait en Europe que les Français n'apprennent jamais leur grammaire, et qu'ils écrivent d'instinct ?

C'est à sept ans, lorsque les enfants appliqueraient bien plus volontiers leur attention à découvrir des nids d'oiseaux sous les charmilles, qu'un Argus roide et détesté leur fait réciter les conjugaisons. A huit ans ils commencent le latin, à onze ans le grec ; Dutrey et Burnouf les poursuivent jusqu'en seconde : *turpe est mentiri*, υ; πρός Αθηναν mais de sintaxe française plus la moindre parcelle. Toute la provision de grammaire française a été amassée à l'âge de sept ans.

Que résulte-t-il de ce sistème ? Que les bacheliers entrent dans la société, ne sachant convenablement ni le grec, ni le latin, ni le français et qu'on trouverait plus aisément une dévote sans méchanceté, ou à Cannes en hiver une campagne sans fleur, qu'une brochure sans taches grammaticales.

Après la logique, quand le jugement des garçon commence à fonctionner, peutêtre ne serait-il pas déraisonnable de leur faire étudier notre grammaire, pendant six mois ou un an.

Quel plus solide couronnement aux études ! Ainsi que nous le disions au début, toute l'Europe et toute l'Amérique polies parlent français ; le français est devenu l'intermédiaire habituel des rois ; il est appelé, dans un délai assez prochain, à fournir seul les épigraphes des monuments. Le rendre plus abordable, en le débarrassant de complications superficielles, l'empêcher de déchoir, comme le latin a déchu durant le Bas Empire, n'estce donc pas amener peu à peu la terre tout entière à le comprendre, à s'en servir, à le préférer ? N'estce pas réaliser l'utopie philosophique de Leibnitz ? N'estce pas augmenter dans des proportions sensibles cette suprématie de notre France intellectuelle qui persiste et qui persistera malgré nos récents revers, dont nous sommes si fiers à juste titre, et que tous nous recherchons tant ?

Il y a plus, cette question touche à la politique. Les républicains conservateurs comme les socialistes radicaux le comprendront et l'avoueront sans peine. Il ne suffit pas en effet de décréter l'instruction primaire obligatoire pour tous, comme le veut Jules Simon. Il faut

encore chercher à la mettre le plus possible à la portée
des intelligences rustiques.

Honneur au gouvernement patriote qui favoriserait
une entreprise si généreuse, si utile, si désirable ! Honneur aux écrivains logiques qui s'y prêteront les premiers ! Honneur au ministre pratique qui voudra la
tenter ! Sa mémoire certainement irait ensuite en gran-
dissant d'âge en âge, à fur et à mesure que les consé-
quences du fait seraient plus manifestes. Il y a encore
place pour un beau nom sur le marbre historique, à côté
de ceux de Mécène, de Ximénès, de Sully, de Richelieu
et de Colbert.

Quant à nous, auteur déshérité, dont les forces cor-
porelles ont trahi les ambitions de l'esprit, qui avons
analisé notre langue sans relâche, qui avons suivi ses évo-
lutions et ses écarts avec solicitude, qui l'aimons pas-
sionnément, qui en sommes jaloux plus que de notre
âme, qui voudrions la voir purgée de toute irrégularité comme une belle statue de toute tache, nous
avons voulu au moins être conséquent avec nous même.

Dans cette édition complète, nous avons apporté à
l'orthographe bon nombre de ces améliorations : elles
sont si naturelles que beaucoup de lecteurs ne s'en seront pas même aperçus. Puisse notre modeste travail devenir la première assise du monument que nous rêvons.

Dicté en septembre 1874.

CONTROVERSE PHILOLOGIQUE

— —

Préambule

Les observations de lingüistique qui vont suivre avaient été faites peu à peu et étaient conservées à l'état de notes. Elles devaient servir à la confection d'un grand ouvrage qui se serait appelé LE GÉNIE DE LA LANGUE FRANÇAISE. Là devaient être développées plusieurs simplifications d'orthographe que nous croyons utiles et plusieurs définitions nouvelles que nous avons trouvées à force d'y songer la nuit. Là auraient figuré une foule de nouvelles remarques consignées pendant nos lectures les plus variées. La meilleure manière de surmonter les difficultés de l'art d'écrire est de vérifier soi-même ces principes qu'on a si peu compris au collége, parcequ'ils ne sont expliqués qu'à des intelligences trop tendres, et durant les classes élémentaires.

On sait que Voltaire relisait la grammaire une fois par
an.

Dans ce but nous avons assez souvent éparpillé la
hotte des petits journaux pour en extraire les mauvaises herbes de rhétorique ; nous avons déplié les grandes
feuilles politiques pour y cueillir les solécismes ; nous
avons parcouru les auteurs estimés pour découvrir en
eux quelques taches, rares comme les taches du soleil.
Malheureusement l'homme ne dispose pas.

Devenu aveugle et perclus à trente huit ans, soumis
depuis lors à des intermittences intellectuelles, accablé
au moindre nuage de souffrances aiguës, abreuvé d'amer-
tumes judiciaires par des frères spoliateurs que le tribunal a flétris, contraint de garder des journées entières
dans notre esprit tantôt une strophe, tantôt un paragraphe, faute d'un secrétaire régulier, nous n'avons pu
continuer un travail tout de recherches et de compila-
tion. Cela se comprend sans peine.

Hélas ! les maîtres illustres, Homère, Ossian, Milton, Delille et Bonnet n'avaient perdu que la vue ! et
ils étaient au bout de leur carrière !

Aujourdhui nous nous contentons de détacher de
nos manuscrits ce qui est nécessaire aux lecteurs de
notre édition complète. Après la lecture de ces pages
préliminaires, s'ils ne sont point convertis, ils seront
au moins édifiés.

Comme ordre, nous allons simplement adopter celui des parties constitutives du discours.

Et d'abord insérons ici quelques uns de nos aphorismes sur ce sujet.

Aphorisme

Plus une langue avance, plus elle recule.

Les écrivains n'ont commencé à dédaigner la grammaire que lorsqu'ils ont commencé à se faire marchands de lignes.

Il n'y a que les pauvres d'esprits qui traitent le Français de langue pauvre.

Hors de la grammaire pas de salut.

Le néologisme n'est qu'une marque d'impuissance : quand on ne peut pas faire un bon mot, on fait un mot nouveau.

Le journalisme est le poison lent de la langue Française.

Mon foyer, ma liberté et ma langue, voilà mes amours les plus chers.

On naît poète, on devient littérateur, on s'établit journaliste.

Il y a pour moi un plaisir plus grand que celui de me voir signaler une faute dans mes ouvrages, c'est le plaisir de la corriger.

On ne sauvera la langue française du gouffre où la pousse le journalisme, qu'en envoyant aux mêmes prisons ceux qui transgressent la grammaire et ceux qui transgressent la loi.

Le Français est la seule langue qui se prête aux délicatesses infinies de l'esprit : on peut être vif, éloquent, sublime dans les autres idiomes; on n'est spirituel qu'en Français.

Je déclare ne pas connaître de langue étrangère, vu ma qualité de Français.

Les dictionnaires d'une langue mûre sont des codes et non des registres.

Tout ce qui manque de clarté ou de logique n'est pas Français.

Quand une chose ou une idée peuvent être rendues par deux mots, l'un propre et l'autre détourné de son vrai sens, on doit toujours préférer le premier.

Qu'ils écrivent comme ils croient, j'écris comme je dois.

Quand une langue se forme, les dictionnaires se basent sur l'usage ; quand elle est formée, il se base sur eux.

En matière de langue, les ignorants seuls défendent un usage fautif, parceque ce sont eux qui l'ont introduit.

Lorsqu'un mot a deux orthographes, il faut toujours préférer celle qui est conforme au génie de la langue.

La première édition d'une œuvre fait le désespoir des auteurs, et la dernière celui des acheteurs.

Les vers qui ne peuvent supporter l'analise sont la prose de la folie.

Définition

Toutes les grammaires de tous les pays commencent ainsi : « la grammaire est l'art de parler et d'écrire correctement ». C'est une erreur.

Nous appelons science toute partie des connaissances humaines dont l'étude amène des résultats certains.

Nous appelons art toute partie des connaissances humaines dont l'étude amène des résultats incertains.

La géométrie est une science, parceque, sachant les huit livres du TRAITÉ de Legendre, on les sait comme les savait Arago.

La peinture est un art, parceque, sachant mêler les couleurs comme Delacroix, on peut cependant ne pas peindre des tableaux qui égalent les siens.

Ainsi que le mot le dit, la science (*scire*) est acquise uniformément à l'humanité, tandis que l'art reste personnel. Tous les professeurs de mathématiques se valent, tous les joueurs de violon ne se valent pas. Il existe une différence à peu près de ce genre entre l'instinct et l'intelligence. D'un côté la science anatomique et l'art médical, de l'autre la science du contrepoint et l'art musical.

En conséquence, la grammaire est une science, parceque celui qui en connaît toutes les règles écrit et parle aussi correctement qu'un académicien ; la rhétorique est un art, parceque celui qui en connait tous les préceptes ne peut cependant improviser les discours de Jules Favre ni de Gambetta.

Pour résumer en deux mots, la grammaire est la science de la langue, et la rhétorique est l'art du langage.

Les Lettres

De même que l'aritmétique possède neuf chiffres effectifs et un chiffre sans valeur propre (zéro), de même la langue française possède vingt trois lettres effectives et une lettre sans valeur propre (hache).

Avec les vingt trois lettres et le signe *h* de l'alphabet français, on a représenté les sept voyelles (*a, e, i, o, u, eu, ou*) et les vingt deux consonnes (*b, c, d, g, j, k, l, m, n, p, q, r, s, t, v, x, ch, gn, ll* ou *lh*) qui sont nécessaires pour écrire tous les mots de notre langue.

Les accouplements *rh, th, ph* ne sont que des superfétations, et le *h* muet en tête des mots, une regrettable inutilité ('). Voici quelques détails sur plusieurs de nos lettres et accouplements de lettres.

CH === Le *ch* dur devant une voyelle constitue une des plus grandes inconséquences et des plus longues diffi-

('). En effet on pourrait sans inconvénient écrire *les orisons, les erbes,* etc., comme on écrit déjà *les ermites, les ermitages,* etc. Au pis aller, ne pourrait on point comme les Grecs marquer d'un esprit rude tous les *h* aspirés ? exemples : *les 'heros les 'hardes,* etc.

cultés du sistème graphique de la langue française.

Aussi le délaisse-t-on de plus en plus. On écrit *métempsicose, colère, estomac, almanach, mécanique, stomacal, scolie, milancolie, scolaire,* etc·; *kératophile, kilomètre, kion, kiotome, kirsocèle, kiste, kiastre, keiron,* etc. (*)

De là à *kœur, koriste,* etc· il n'y a qu'un pas. Les écrivains aidant, l'usage aidera.

Cette régularisation est d'autant plus urgente qu'en France, même parmi les Français de la veille, les uns prononcent *Melchisédèc, alchimie, chiromancie, archéologue, achéron, archiépiscopal,* etc·, et les autres *Melkisédec, alkimie, kiromancie, arkéologue, akéron, arkiépiscopal,* etc. L'écriture seule peut faire cesser ce désordre.

A propos du *ch* dur devant les voyelles, qu'il nous soit permis de relever une erreur vulgaire. Les grammairiens patentés enseignent à prononcer *Michel-ange* comme *nikel.* Nous allons démontrer qu'il faut prononcer *Michel-ange* comme *Rachel.*

Raisonnons.

Les noms patronimiques de l'étranger ne varient jamais dans leur orthographe ni dans leur prononciation. Nous écrivons *Shakespeare, Newton, Law, Sanzio, Buonarotti, Brougham, Neker, Staël,* etc·, et nous pro-

_____
(*) Traité de l'histérotomotokie par Rousset, 1581.

nonçons *Chespir*, *Newton*, *Las*, *Sandzio*, *Bononarolli*, *Broum*, *Nekre*, *Stal*, etc.

Les prénoms étrangers, au contraire, ayant des correspondants dans notre langue, subissent toujours la traduction. Nous ne disons pas *Pietro Cortone*, *Paolo Véronèse*, *Giuseppe Cassini*, *Stefano Violti*, *Jhon Bedfort*, *Jems Banks*, *Fritz Dryffus*, etc'; nous disons *Pierre Cortone*, *Paul Véronèse*, *Joseph Cassini*, *Étienne Violti*, *Jean Bedfort*, *Jacques Banks*, *Frédéric Dryffus*, etc.

Or le prénom du grand sculpteur est *Michelangelo*, comme celui du grand peintre est *Raffaello*. Si, conformément à la règle, nous avons traduit *Raffaello* par *Raphael*, nous devons traduire aussi *Michelangelo* par *Michel-ange*, c'est à dire, *ange Michel*. C'est ce que nos pères avaient fait.

Michel (k)	de l'italien	avait donné	*Michel* (ch)	en français
Angelo	- -	avait donné	*Ange*	- -
Michelangelo (k)	- -	devait donner	*Michel-ange* (ch)	- -

cela, en vertu de ce vieux théorème de mathématiques « quand plusieurs fractions sont égales entre elles deux à deux, les sommes sont aussi égales entre elles ».

Mais les faiseurs d'exceptions et les grammairiens patentés sont venus et ont dit : « diable ! comme c'est simple ; nous allons vite ordonner de prononcer dans le même mot *Michel* à l'Italienne et *ange* à la Française ; il faut créer beaucoup de difficultés conventionnelles, si nous voulons vendre beaucoup de grammaires ».

Et le public s'est soumis à ces fantasques prescriptions. Et cependant *Michel-archange* et *Michel-ange* sont deux mêmes races !

Messieurs Noel et Chapsal naturellement ordonnent aussi de prononcer *Michel-ange* comme *nikel ;* mais, sous prétexte d'italianisme, ils ordonnent également de prononcer *vermicel* comme *échelle.* Quelle bonne prononciation d'Italien! En voilà deux qui n'auraient pas échappé aux Vêpres Siciliennes.

Nous nous rappelons encore les coups de férule qu'on nous donnait à l'école, quand nous prononcions *Michel-ange* comme *Rachel.* De sorte que toute la France a été forcée de prononcer *Michel* comme *nikel*, parceque deux professeurs de Paris ne savaient pas l'Italien.

On prononçait autrefois comme nous venons de l'indiquer. Témoin ce vers de Mathurin Régnier

> Ou, comme Michel l'Ange, eust-il le diable au corps.

En effet *Michel-ange*, prénom composé, est l'abrégé de *Michel surnommé l'Ange,* comme *Alexis l'ange* et *Isaac l'Ange* ou bien *Michel traité d'Ange* pour le distinguer de *Michel l'archange.*

CU et GU === Dans le principe, le *c* dur et le *g* dur

s'adoucissaient au moyen de l'interposition d'un *e* muet :
nous forceames, nous forgeames, etc. D'un autre côté
le *c* doux et le *g* doux étaient rendus durs au moyen
d'un *u* interposé ou quiescent : *le cueur, la guimauve*,
etc.

En 1510, Sylvius proposa inutilement d'adoucir le
c dur au moyen d'un petit *s* supérieur. Robert Estienne
en 1557, et Théodore De Bèze en 1584, déclarent que
les uns adoucissent le *c* dur par l'interposition d'un *e*
et les autres par la représentation d'un petit *s* au-
dessous. C'était l'embrion de la cédille moderne.

Mais le durcissement du *c* doux par l'accollement
d'un *u* a toujours persisté, comme pour le *g* doux,
excepté dans le mot cœur.

Ainsi donc, quand le son doux *eu* se trouve précédé
d'un *g* dur, pour empêcher celui-ci de devenir doux
comme dans *nageur, gageur, jaugeur, chargeur*, on interpose un *u* quiescent : *gueux, gueule, fougueux,
rugueux, long(u)e*. On doit en faire de même, quand le
son doux *eu* se trouve précédé d'un *c* dur : *cercueil*, (*)
cueillir, accueil, etc.

(*) C'est tellement ainsi que dans toutes les éditions antérieures
au XVe siècle, c'est à dire, quand *œ* et *œ* s'écrivaient simplement
e, le mot *cœur* est orthographié d'après la règle de l'*u* quiescent :
« Vous vous diziez : ce cueur sensible. » Clotilde De Surville.
— « Dont eurent leurs cueurs finalement entiellés. » Chroniqueur
d'Abailard. — « Qui soulait mon cueur desbriser. » Villon.
Enfin, ce qui vient encore à l'appui de notre régularisation.

C'est quelque gâte-langue qui, le premier, tout en laissant subsister le *u* quiescent accollé au *c*, a supprimé, entre le *c* et le *i*, le *u* constitutif du son *eu*. L'étranger, dès lors, prononcera *cerkeil*, *keillir*, *akeil*, comme *orteil*, *pareil*; et non *cercueuil*, *accueuil*, qui riment avec *deuil*, *seuil*.

Il nous semble que c'est une bonne action, dont la logique et les étudiants sauront gré, que de ramener cette exception inexplicable dans la règle générale du son *eu*.

LL ou LH — La forme *lh* pour représenter le son mouillé des deux *ll*, si commode et si regrettable, était autrefois appliquée à tous les cas offerts par notre langue. Elle subsiste encore dans *gentilhommerie* et dans une foule de noms propres : *Filhol*, *Gadilhe*, *Vilhem*, *Gonnoulhou*, général *Guilhem De Pousilhac*, le chanteur *Gailhard*, *Marilhat*, *Breuilh*, *Nadailhac Bonilhet*, *Meilhan*, village d'*Aiguilhé*, *Cavalho*, *Mailhac*, *Paladilhe*, *Milher*, *Mailhard*, etc.

Il serait à désirer que l'Académie eût le courage de revenir à une orthographe qui permettrait de distinguer *gentille*, *pacotille*, *fille*, etc., de *tranquille*, *imbécille*, *ville*, etc.

---

c'est qu'on écrivait alors *dueil*, *sueil*, *cueille*, etc.; or puisqu'on a changé en *deuil*, *seuil*, *reuille*, etc, il faut aller jusqu'au bout et changer aussi *cercueil*, *orgueil*, etc, en *cercueuil*, *orgueuil*, etc. pour rester conforme à la prononciation.

Cela serait si-facile : voilà pourquoi cela ne se fera jamais.

L'*i* qui renforce les *ll* mouillés dans les mots comme *paille, canaille,* etc·, est aussi inutile que celui qui renforçait autrefois le *gn* dans les mots comme *montaigne, campaigne,* etc. L'un a disparu, l'autre persiste. Y a-t-il quelque raison ?

T == Le *t* ayant le son d'un *s* que nous avons entendu si souvent critiquer par les étrangers (*nous portions les portions,* initié à l'*amitié,* etc·,) pourrait très-bien être marqué à la façon d'un *c,* d'une sorte de cédille sénestre. Il n'aurait ainsi rien d'anormal, il aurait une double torsion inférieure comme le *t* gotique, et ne dérangerait nullement par son introduction les abitudes des liseurs émérites. Nous émettons cette idée.

Quelque chose de plus simple peut se faire pour les mots dérivés : c'est de les soumettre à la loi inflexible et logique des dérivation.

essenciel	de	*essence*
différenciel	de	*différence*
providenciel	de	*providence*
licencié	de	*licence*
substanciel	de	*substance*

Le besoin de distinguer ces *t* bâtard est si impérieux que les imprimeurs du xv⁰ siècle écrivaient généralement *nacio, oracio,* etc.

L'e donne lieu à une irrégularité de prononciation qui rébute encore plus les étrangers : « il convient qu'ils convient sans expédient ». Pour le premier cas, il suffirait de faire une exception à la règle générale qui veut que l'é et la bivoyelle *ié* accouplés à une consonne postérieure ne prennent pas d'accent, et d'écrire il *conviént*. Pour le dernier mot, on pourrait employer une sorte d'*a* souscrit (ʌ) comme le *iota* souscrit des Grecs.

Y ꓿ Le *y* employé avec le son d'un *i* simple est une pure superfétation.

Les Italiens se sont débarrassés depuis longtemps de cet intrus : ils écrivent *stile, martirio, imene, sinonimo*, etc· Les Espagnols et les Portugais (*) en ont fait autant. Les Français ne vont pas si vite.

Nous sommes le peuple le plus spirituel de la terre, c'est connu ; mais nous en sommes également le peuple le plus routinier. Voilà deux cents ans que nous travaillons à détruire les *y* simples ; nous avons à peu près supprimé la plupart de ceux qui émaillaient la prose du XVIᵉ siècle; (**) nous en minons quelques autres en ce mo-

(*) « Les grammairiens Portugais prétendent que le i grec ou upsilon est une lettre superflue, et en interdisent entièrement l'usage, sans égard pour l'étimologie des mots. » L'abbé Du Bois, GRAMMAIRE PORTUGAISE.

(**) Iceluy, ny, icy, quoy, soy, ayder, luy, vray, hyver, playe, pourry, midy, trouvay, ennemy, rosty, poly, le foye, joye, celle-cy,

ment ; et cependant il y a toujours des *y* simples, rivaux des *i*. Pour notre part, de nos ouvrages nous expulsons tout ce qui reste. Dieu veuille que notre courage soit imité ! Notre admirable idiome ne s'en portera que mieux.

L'Académie de France pousse quelque peu à la roue, nous devons l'avouer ; elle a déjà enregistré *abime*, *analise*, *juri*, *azile*, etc ; mais elle se fait un cas de grammaire d'enregistrer *sinonime*, *himen*, etc' Pourquoi ? Nous défions n'importe qui de nous répondre.

N'est-ce pas le cas ici de se montrer radical ? Il faut bien que quelqu'un commence.

Gilles Beys, imprimeur à Paris, à la fin du xv° siècle, fut le premier qui employa le *j* et le *v* que Ramus avait proposés. Si Beys n'avait pas commencé, nous en serions encore aux *iours* et aux *liures*.

A l'immense liste des *y* disparus on pourrait joindre bon nombre de *th* : *autheur*, *thrésor*, *authorité*, etc', et bon nombre de *s*, *monstrer*, *accoustumer*, le *cousteau*, etc'

Z === La lettre est un signe qui represente un son et doit toujours représenter le même son. Voilà le principe imaginé par Cadmus, et basé sur le bon sens.

luysant, envoye, ennuy, amy, la foy, suivy, roy, Henry, pourquoy, effroy, moy, syrop, loy, nay (né), lyon, tyyre, fourmy, oyseau, les oyes, roytelet, resjouyssant, les hayes, les ouyes, cecy, reyne, aymer, ayent, proye, voyla, cry, les loys, obéyssance, ils voyent, employe, fuyr, Louy, hyène, éclaircy, éblouy, etc, etc.

En français le son *ze* se rend par le signe *z*. Donc, toutes les fois qu'il y a hésitation entre l'orthographe *z* et l'orthographe *s* adouci, on doit préférer la première. Cela, malgré les examinateurs, les auteurs, les professeur et les instituteurs.

Dans les manuscrits, la plupart des gens écrivent encore *hazard*. Les lexicographes enregistrent *hasard*. Ceux-ci prouvent là leur ignorance. C'est un crime de lèze-langage d'arracher un mot à son orthographe logique pour le mettre sous le joug d'une exception comme celle qui veut que *s* entre deux voyelle soit doux. Exception ridicule, violée elle-même dans *parasol vraisemblable, antiseptique, cosinus, hélicosophie, hidrosaccharum, hidrosulfate, tournesol, hidrosulfurique, entresol, chlorosel, cosécante, coseigneur, antisocial, soubresaut, primesautier, etc*

Gardons donc *mazure, hazard, azile, lèze-majesté, etc*, et laissons les illettrés écrire *masure, hasard, etc*

Bivoyelles

Nous appelons bivoyelle l'émission de voix qui fait entendre concurramment le son de deux voyelles ; ce nom est préférable à diphtongue, qui a la même signification, parcequ'il entraine par analogie celui de bi-consonne.

ia	diacre, viande.	ui	lui, juin.
aï	Biscaïe, portail.	oui	ouistiti, fenouil.
io	viole, pion.	iou	garde-chiourme.
oi (oua)	loi, foin.	oua	pouah ! pouacre.
ieu	lieu, milieu.	oué	fouéter, couenne.
eui	seuil, effeuilla.	ouen	Rouen, Ecouen.
ié	pitié, amitié.	ué	équestre, écuelle.
ei	corneille, orteil.	oé	poêle, goéland.
iu	Caïus. Laïus.	iéi	vieillesse, vieillard.

Biconsonnes

Nous appelons biconsonne l'acouplement de deux consonne qui se font entendre dans une seule émission de voix, soit joint à une voyelle, soit joint à une bivoyelle.

*bl br cl cr fl fr gl gr pl pr dr tr vr st str
sc scr sp spl ps.*

Lettres Euphoniques

Nous avons en français trois lettres euphoniques. Ce sont :

1° le *z* qui s'emploie dans la poésie vulgaire et quelques fois en prose :

> Les Danaïdes prises
> Ne savent point trop-z-à
> Queu sauce on les mettra (Désaugiers)

va, va-z-y, entre, entre-z-y, demeure, demeure-z-y, etc;

2° le *t* qui s'emploie en poésie et en prose, entre le verbe et son pronom:

Il travaillera, on viendra, il mange,
mange-t-il, travaillera-t-il, ne viendra-t-on pas, etc ;

3° le *t* que certains écrivains emploient en prose, mais qui n'est d'un usage régulier qu'en poésie, devant le pronom *on* :

Si l-on croit par des pleurs attendrir un avare...
Je suis riche quoique l-on dise...

Nous n'avons pas besoin de beaucoup disserter pour prouver que les tipographes se trompent, quand ils écrivent « *si l'on croit* ».

L'apostrophe remplace un *e* muet ; or il n'y a pas plus de *e* muet dans *t* que dans *s* ni dans *t*. Jamais *t'* pronom, mis pour *le* ou pour *la*, ne peut descendre à tenir lieu d'un *t*, mis simplement pour flatter l'oreille.

La troupe alors tout au tour d'eux s'empresse
Et prend parti ; l-on se mêle, on se bat.   Florian.

Si nous ne nous trompons, nous sommes le premier à faire cette observation philologique.

Lettres Majuscules

La lettre majuscule est une forme différente et amplifiée de la lettre ordinaire. Majuscules et minuscules subsistent parallèlement dans les six sortes d'écritures,

Ces écritures sont la romaine, l'italique, la ronde, l'anglaise, la chancelière et la gothique. La majuscule ne s'emploie que dans sept cas : 1° en tête des noms propres, 2° en tête des adjectifs propres, 3° en tête des noms communs qu'on veut personnifier, 4° en tête des noms communs pris dans un sens absolu, 5° en tête des expressions qui remplacent un nom propre sans périphrase, 6° au commencement de chaque phrase, et 7° au commencement de chaque vers.

On fait aujourdhui un tel abus des majuscules que, pour ramener si c'est possible aux saines traditions de la belle tipographie, nous croyons devoir donner quelque développement à cette question.

Disons d'abord qu'en général on appelle mot propre dans une langue tout mot qui, ne figurant point au dictionnaire de cette langue, sert a distinguer les êtres et les choses des êtres et des choses de même nature. Il suit de là qui existe des noms propres et des adjectifs propres. Il en résulte aussi que des mots communs peuvent tenir lieu de mot propre. Et maintenant récapitulons.

1° === En tête des noms propres.

Par noms propres il faut entendre également les prénoms et les surnoms.

Noms formés d'un mot propre :

le Rhin, Paris, Bibi, Azor, le vaisseau le *Monitor*, l'An-

liope du *Corrége*, le TRAGALDABIS de Vaquerie, le mont Dore, le pic de Ténériffe, le mont Athos, le fleuve du Styx, le golfe Jouan, maître Berryer, monsieur Jourdain, les prés Rémond, le graveur Laly, le czar Nicolas, le *Moïse* de Rome.

Noms formés d'un mot commun :

monsieur Poulet, le vaisseau le *Vengeur*, la *Cène* du Poussin, le cap des Tempêtes, les PLAIDEURS de Racine, la constellation du Taureau, le journal LE MESSAGER, le mont Vinaigre, le mont Aiguille, pont aux Changes.

Prénoms formés d'un mot propre :

Jean, Edouard, Joseph, Frédéric, Astolphe, Clorinde, Lucie, Clotilde, Marius, Albert, Maria.

Prénoms formés d'un mot commun :

Pierre, Olivier, Silvestre, Fortunée, Claire, Marguerite, Violette.

Surnoms formés d'un mot propre :

Claude Gelée le Lorrain , Jacques Robusti le Tintoret, Zampieri le Dominiquin, saint Jean Chrysostôme.

Surnoms formés d'un mot commun :

Charles VI ou Charles le Gros, Jeanne d'Arc ou Jeanne la Pucelle, Jeanne de Castille ou Jeanne la Folle, Albe la Longue, Philippe IV ou Philippe le Bel, Charles De Bourgogne ou Charles le Téméraire, Pierre I ou Pierre le Cruel ou Pierre le Justicier ; le lutteur Harpin l'Invincible, etc.

Les noms, les prénoms et les surnoms composés prennent la majuscule en tête d'eux-mêmes et en tête de tout composant qui est mot propre.

Noms composés formés de mots propres :

le phisicien Gay-Lussac, le poète Baour-Lormian, le botaniste Barbeu-Dubourg, le magistrat Barbé-Marbois.

Noms composés formés de mots communs :

le soldat Coupe-mèche, le cheval Tâte-vin, le canoniste Petit-pied, le village de Château-neuf, rue de l'Arbre-sec, place des Trois-ormeaux.

Noms composés formés de mots propres et de mots communs :

les départements des Alpes-maritimes, des Basses-Alpes et des Pyrénées-orientales, la ville de Saint-Étienne, les églises de Saint-Germain-des-près et de Saint-Germain-l'Auxerrois, la grotte de Saint-André, Charles De Saint-Hilaire, le poète Sainte-Beuve.

Prénoms composés de mots propres :

Louis-Philippe, Marc-Antoine, Marie-Jeanne, Jean-Jacques, Philibert-Emmanuel, Jean-Louis, Marie-Antoinette, Victor-Emmanuel, Charles-Albert.

Prénoms composés formés d'un mot propre et d'un mot commun :

Dieu-donné	c'est à dire	donné par Dieu,
Michel-archange	- -	Michel qui est archange,
Michel-ange	- -	Michel qui est ange.

Surnoms composés formés de mots propres :

Duquesnoy dit François-Flamand, l'historien Elmacin dit Ibn-Amid.

Surnoms composés formés de mots communs :

Richard Cœur-de-lion, Louis XV le Bien-aimé, Jean

Sans-terre, Artaxercès Longues-mains, Joseph Ragot dit Bras-de-fer, saint Jean Bouche-d'or.

On voit d'après ces exemples que l'appellation du Dieu de la chrétienté doit s'écrire *Jésus Christ* et non *Jésus-Christ*. Dans *Christ* n'est représenté qu'un surnom. Le nom de famille n'existait pas chez les anciens. Le Rédempteur s'appelait simplement Jésus, variante de Josué. Quand on l'eut crucifié, on lui donna le surnom de Christ. Cela fait *Jésus le Christ* ou *Jésus Christ*, comme *Jean le Chrysostome* ou *Jean Chrysostome*, comme *Jean Sans-terre*, comme *Jeanne Hachette*, etc. Si *Jésus Christ* formait un seul nom propre composé, les catholiques ne pourraient pas dire *Jésus* tout court ni les protestants *Christ* tout court; car de *Gay-Lussac* nul ne s'avise de dire *Gay* tout court ni *Lussac* tout court; de *Pigault-Lebrun*, *Pigault* tout court ni *Lebrun* tout court; de *Manco-Capac*, *Manco* tout court ni *Capac* tout court; car du département des *Alpes-maritimes* on ne peut dire le département des *Alpes* tout court ni *Maritimes* tout court; du département de la *Seine inférieure*, *Seine* tout court ni *Inférieure* tout court.

Me séparer de la charité de Dieu, la quelle est dans le Christ Jésus, Notre Seigneur. IMITATION, L. III, C. XXII.

De Jesu Christo sanctos monstrando prophetas. Jean De Barros, 1540.

Nous ferons remarquer qu'un membre de phrase qui

très souvent mais non invariablement sert de qualification n'est pas un surnom :

Masséna,	l'enfant chéri de la victoire,
La Tour-d'Auvergne,	le premier grenadier de France,
Paganini,	le premier violon du monde,
Saint-George,	la première lame de France,
Bayard,	le chevalier sans peur et sans reproche,
François 1er,	le restaurateur des lettres,
Jenner,	l'inventeur de la vaccine,
Jésus Christ,	le sauveur du genre humain,
Ney,	le brave des braves,
Pierre 1er,	le civilisateur de la Russie,
Pierre,	le prince des apôtres,
Saint-Hilaire,	l'officier sans peur et sans reproches,
Kutusoff,	le sauveur de la Russie,
Le comte d'Artois,	le précurseur de la légitimité,
Bordeaux,	la ville du 13 mars,
Orgon,	la ville de la potence,
Duvet,	le maître à la licorne,
Gérard,	le tueur de lions,
Bazaine,	l'homme de Metz.

Par suite, ces sortes de membres de phrase ne reçoivent de capitale qu'en tête des mots propres y compris.

Après cet exposé, on comprend combien la plupart des tipographes sont inexcusables, quand ils mettent deux majuscules à *Aix-la-chapelle* et aux autres noms de ce genre. Où est le nom propre ? Ce n'est pas *Aix* qui est en Provence ; ce n'est pas *chapelle*, qui se rencontre un peu

partout ; c'est *Aixlachapelle* ou *Aix-la-chapelle*, deux expressions identiques. *Aix-la-chapelle* est donc l'orthographe vraie, *Aix-La-Chapelle* serait une orthographe
fausse mais conséquente avec elle-même. *Aix-la-Chapelle*
est un juste milieu inacceptable:

A l'appui de cette règle que nous formulons et qui est,
non pas le résultat d'une théorie nouvelle, mais une déclaration conforme à la logique, nous citerons :

premièrement, les noms de ville qu'on écrit à la fois
avec ou sans trait d'union et toujours sans majuscule
au deuxième terme :

Haute-chapelle, Hauterive, Hautmont, Castelnuovo,
Port-blanc, Entre-mont, Chastel-nouvel, Entre-deux-eaux,
Entre-pierres, Civitavecchia, Chateaubleau, Chateaubourg,
Chateau-neuf, Montparnasse, Chateau-vieux, Chateaudou-
ble, Chateau-vert, Chateaublanc, Castelmoron, Villejuif,
Castelsarrazin, Castel-vieil, Montvert, Port-vieux, Montsec,
Bourg-fidele, Bourgblanc, etc ;

deuxièmement, les noms d'homme qui sont dans le
même cas :

comte De Castelvecchio, monsieur Casabianca, Joseph
Mangiapan, Jean Cinq-arbres, Mangio-saoupo, De Cha-
teaubriand, Chateau-renard, mademoiselle Carnedura, La
Rochefoucauld, La Roche-noire, Espérondieu, Go-roo-bor-
boo-lo, Amron-ben-el-as, etc ;

troisièmement, l'opinion de Laveaux, qui dit dans
son DICTIONNAIRE DES DIFFICULTÉS. « quand deux mots

sont unis par un trait et que le second n'est pas un nom propre, ce second mot ne prend point de majuscule ; exemple, Port-royal » ;

quatrièmement, les noms propres coupés en deux par une virgule signe bien plus séparatif aux ieux que le trait :

le peintre Prud'hon, le journaliste Prud'homme, Joseph Entr'eaux, le pont de Vend'huile, Poujard'hieu secrétaire de la compagnie des chemins de fer, les familles Batut et Gal'harrague de Bord ux, le poète romantique Prud'hommeaux de Paris, le général Maud'huy ;

cinquièmement, les exemples des auteurs :

Hum ! ceci est Gubetta-poison, Gubetta-poignard, Gubetta-Gibet ! Victor Hugo.

Et il dit à Cent-dix-sept « tu es un bon enfant, merci ». Ponson Du Terrail.

On visite également à Aigues-mortes un ancien couvent. Guide en France. De Cesena.

Sa Majesté est immédiatement repartie pour Korn-erhouet, propriété de la princesse Bacciocchi. Petit journal, 8 d'avril 1865.

Côte bleue de Font-vieille et vous, plaine de Crau, F. Mistral.

Moi, je m'étais habitué au garçon Brosse-à-reluire. Charles Monselet.

Vous enfilez ensuite le désert de Peyre-male. Mistral.

J'ai vu le journal sans figure où Larme-à-l'œil, pour en finir, dit qu'il ignore l'avenir. L. Veuillot.

Si ce n'est sur le chemin de l'Ouest-Suisse. Joanne.

Le médecin Tant-pis visitait un malade. La Fontaine.

Les puritains s'appelaient Mort-au-péché Palmer, Vis-pour-ressusciter Emer, Si-Christ-n'était-mort-pour-vous-vous-auriez-été-damné Barebone, etc· Georges D'ugues.

En 1640, un voleur de grand chemin appelé Li-koung.... Sinibaldo. La Chine.

A la prise de Ching-kiang par les Anglais en 1841. Id·

En 1854, le rebelle Heng-soun se sauva de la ville. Id·

Il n'est pas de village où les paysans ignorent le nom de Ou-san-kom. Huc, Le Christianisme en Chine.

Chantre mignon de Vert-vert. Piron.

Il vomit des blasphèmes contre le Très-haut. Bossuet, Discours, de Didot, 1830.

Car enfin le Tout-puissant n'aurait fait que des ouvrages peu dignes de lui. Idem.

C'est l'empire des saints du Très-haut. Id.

Honore le médecin car le Très-haut l'a créé pour nécessité et guarison. Ambroise Paré.

Qui trouva une aiguille à un nommé Tire-vit. Idem.

On pourrait trouver ainsi des centaines de bons exemples que la force de la logique a placés sous la plume de divers auteurs. D'un autre côté, nous ferons observer que les tipographes routiniers auraient grand tort d'objecter la longueur du mot précédé ainsi d'une seule majuscule, attendu que

Fo-hi, le Très-haut, Cinq-Mars, etc·,

sont incontestablement et infiniement plus courts que

Nabuchodonosor, Engelbrechtengelbrechtson, Nabopolassar, Chusanrasathaïm et Somdetch-phraparamendr-mahaisvaraisa-raig-sarga-phrapinclao-chao-yu-hua, le roi de Siam, mort en 1866.

2° == En tête des adjectifs propres.

Un adjectif propre est celui qui, formé d'un mot propre ou d'un mot commun, est appliqué invariablement pour tenir lieu de nom propre.

Formés d'un mot propre :

mer Caspienne,
armée Juariste,
îles Ioniennes,
armée Française,
harpe Eolienne,
vase Chinois,
les champs Elysées,
champs Autrichiens,
cap Breton,
frégate Anglaise,
café Américain,
verve Rabelaisienne,
style Marotique,
rue Ségurane,
idées Napoléoniennes,
les frères Corses,
les frères Siamois,
confédération Germanique,

légion Thébaine,
hôtel Pompéien du prince Napoléon,
phalange Macédonienne,
îles Aléontiennes,
îles Malhouines,
îles Philippines,
archipel Indien,
langue Indienne,
langue Grecque,
pension Suisse,
cap Corse,
république Batave,
grammaire Anglaise,
les volontaires Garibaldiens,
golfe Persique,
pays Rhénans,

ligue Hanséatique,
rue Mazarine,
rue Merlanzone,
jeux Olympiques,
îles Vénitiennes,
alpes Pennines,
alpes Grecques,
alpes Françaises,
alpes Italiennes,
alpes Cotiennes,
théâtre Italien,
théâtre Français,
nez Bourbonnien,
l'académie Linnéenne de Lyon,
alpes Carniques,
bibliothèque Cottonienne,
Bourgogne Transjurane,

un ouvrier Parisien, golfe Arabique, les tables Ilkhaniennes deNassireddin, province Illyriennes, Gaule Cisalpine, départements Français, ordre Teutonique, Chapelle Sixtine, provinces Danubiennes, montagnes Dophrines, théâtre Grec. îles Britanniques, ...

Du Rhône Camarguais je suis un riverain. Mistral.

Il citait les républiques Batave, Helvétique, Ligurienne, Romaine et Parthénopéenne. Thiers.

Accueillit par pitié sur le bord Africain. Méro.

Alpes Noriques, bibliothèque Mazarine, Sèvre Niortaise, quartier Latin, café Turc, café Parisien. Joanne.

Le pas immense qu'ont fait les deux peuples Anglais et Français. LA FRANCE MÉRIDIONALE.

En 1854, les élèves des établissements dirigés par les pères Basiliens, Picpuciens, Labaristes, etc·, étaient au nombre de 5,285, chiffre qui a dû s'augmenter depuis. E. Reclus.

Les Indiens Aruaques, la république Grenadine. Idem.

Près de la porte Narbonaise on remarque un buste. Joanne.

Après avoir visité des villages Auvergnats, Limousins, Périgourdins et Berrichons. H· Lefranc.

Nous venions de traverser les roches Scironiennes. Edmond About.

La camaraderie les unissait lorsqu'ils habitaient le quartier Latin. PETIT JOURNAL, 3 déc· 1865.

Tandisqu'une flotte de 400 vaisseaux, équipée sur le golfe Arabique, subjugait les rivages et les îles de la mer Rouge et de l'océan Indien. Victor Duruy.

Les langues que les colons Phéniciens, Grecs, Etrusques, Carthaginois avaient parlées dans l'île. A. Boullier.

Formés d'un mot commun :

mer Rouge,	le Céleste empire,	lac Asphaltite,
mont Perdu,	rue Impériale,	fleuve Bleu,
fleuve Jaune,	mamelon Vert,	mont Tourné,
pont Neuf,	place Vieille,	île Majorque,
rue Neuve,	palais Royal,	île Minorque,
mer Morte,	le lac Salé,	le continent Noir,
pont Vieux,	le cap Blanc,	le lac Froid,
rue Bleue,	le lac Supérieur,	le lac Noir,
rue Blanche,	l'océan Glacial,	le lac Carré,
forêt Noire,	îles Fortunées,	le pont Rouge,
place Pentagonale,	cap Vert,	le mont Rose,
rue Grande,	îles Canaries,	le lac Claret,
rue Vieille,	place Royale,	rue Cardinale,
mont Maudit,	rue Nationale,	rue Percée,
république Grise,	le torrent Obscur,	théâtre Impérial,
lac Majeur,	cap Bon,	rue Dauphine,
ambassadeurs Ar-	mer Noire,	rue Mayor,
gentins,	mont Gros,	le roc Nègre,
jeux Floraux,	mer Jaune,	rue Droite,
les lacs Glacés,	mont Blanc,	rue Projetée,
lac Bleu,	mer Bleue,	rue Centrale,

la maison Carrée, la tour Magne et le cours Neuf à Nîmes,
le pont Long à Berlin, et le fort Carré à Antibes, etc'

Sauf trois ou quatre citations que nous avons glissées
par analogie, tous ces exemples sont tirés de livres qui
nous ont successivement passé sous les ieux. Qu'on vienne après cela nier l'existence de l'adjectif propre !

Oui, l'adjectif propre existe en français ; nos exemples

le prouvent surabondamment. Il se montre pour prouver son existence, comme ce philosophe qui marchait pour prouver le mouvement. Nous nous étendrons plus loin sur ce sujet au chapitre de l'adjectif.

Adjectifs propres composés :

Le différend Dano-Prussien, les armées Austro-Sardes, alliance Anglo-Française, les flottes Franco-Russes.

3° === En tête des noms de choses qu'on personnifie, c'est à dire qu'on veut considérer un instant comme des êtres.

Noms communs simples :

La sombre Envie agitait ses serpents.

Le Nord est plus laborieux que le Midi.

L'Orient s'est endormi dans l'opium.

La Vérité est une vierge dont précisément les hommes corrompus ne veulent pas, quoiqu'elle soit toute nue et admirablement belle. E· Négrin.

La Vérité sortit un jour de son puits.

Au troisième chœur sont les Trônes et ceux qui ont méprisé le monde.

Noms communs composés :

Orgueil apostropha alors Amour-propre en ces termes...

Expressions indivisibles : '

Salut, Nouvel An, qui souris à la jeunesse et qui n'as que des paroles d'espérance.

Le Faux Zèle étalant ses barbares maximes. Voltaire.

Le lit du grand sommeil près de moi Grande Ville. Jules De Gères,

4° ⸺ En tête de certains noms communs pris dans une acception absolue.

Noms communs simples :

l'Académie, c'est à dire		l'académie de France par excellence,
l'Institut,	- -	l'institut de France par excellence,
la Vierge,	- -	la vierge par excellence, Marie,
les Boulevards,	- -	les anciens boulevards de Paris, de la Bastille à la Magdeleine,
la Révolution,	- -	la révolution Française de 1789,
le Consulat,	- -	le consulat de Napoléon I,
l'Empire,	- -	l'empire de Napoléon I,
le Prophète,	- -	le prophète des orientaux, Mahomet,
la Convention,	- -	la convention nationale de 1793,
les Écritures,	- -	la bible, les évangiles, l'ancien et le nouveau testament, en un mot les écritures saintes,
le Seigneur,	- -	le Seigneur par excellence, Dieu,
(') Dieu,	- -	le Dieu par excellence,
le Créateur,	- -	o créateur par excellence.

(') A propos du mot *Dieu*, je prie de remarquer que, lorsqu'il entre dans un mot composé, il doit perdre sa majuscule, parceque tout mot propre la perd en devenant commun, et parceque l'idée du Dieu absolu ou d'un dieu quelconque n'existe plus dans le mot composé. En effet, si on prie Dieu sur un *prie-dieu*, on peut aussi y prier sa maîtresse ; et si la main de Dieu peut s'appesantir sur un coupable, elle est loin de paraître dans une *main-de-dieu* qui est un emplâtre dégoûtant. On écrira donc uniformément

messieurs Dedieu, Donadei, Dondedieu, Espérendieu, etc,

Noms communs composés :

saint Yves vit le Porte-clef, c'est à dire le porte-clef par excellence, c'est à dire saint Pierre

Expressions indivisibles :

les États Unis	entre tous les états unis,
le Gros Olivier	
le Gros Souper	entre tous les gros soupers, celui de Noel,
le Gros Myrthe,	
le Gros Caroubier,	
le Grand Mont	entre tous les grands monts,
le Grand Pin,	
le Grand Roi	entre tous les grands rois, le roi de Perse,
le Saint Père	entre tous les saints pères de la catholicité, le pape,

et d'un autre côté

adieu, hôtel-dieu, porte-dieu, lever-dieu, a-dieu-va, main-de-dieu, prie-dieu, vertudieu !, tudieu !, croix-de-par-dieu, mordieu !, fête-dieu, sang-dieu !, jernidieu !, pardieu !, etc ;

comme on écrit

du saint-pierre, lacrima-cristi, du saint-augustin, du fenu-grec, palma-cristi, son saint-crépin, saint-aubinet, sainte-mitouche, des bon-henris, des reine-claudes, des reine-marguerites, des téton-de-vénus, des dame-jeannes, des messire-jeans, des bain-maries, des sainte-barbes, des cap-de-more, à Montparnasse, de Villejuif, un fesse-mathieu, un king-charles, du donquichotisme, etc'

De même que le terre-neuve est excellent nageur, le saint-bernard possède le talent de se frayer un chemin dans la neige. Le Pileur.

Ces rapprochements d'exemples convaincront-ils tant de journalistes qui écrivent à tout moment : « il a été conduit à l'hôpital de l'Hôtel-Dieu » ? Comme qui dirait *à la demeure de sa maison, dans le carosse de sa voiture !* avec ou sans accompagnement de majuscules !

le Saint Sacrement	entre tous les saints sacrements,
les Provinces Unies	entre toutes les provinces unies,
les Sept Iles	la république des sept îles Io-niennes,
la Grande Armée	celle de Napoléon et non celle de Xercès ou de tout autre.
les Pays-Bas	entre tous les pays bas.

(Notre père, un des plus jeunes officiers de la Grande Armée. De Goncourt).

5° = En tête des noms communs qui sans périphrase remplace des noms propres.

Noms communs simples :

l'Eternel, le Verbe, le Christ, le Crucifié, le Messie, la Providence.

Imiter la chasteté de la mère du Sauveur, afin de pouvoir suivre l'Agneau dans toutes ses voies. Abeillard.

Noms communs composés :

le Tout-puissant, le Très-haut.

Expressions indivisibles :

Sa Majesté est venue, sa Sainteté nous donnera sa bénédiction, Son Excellence a signé, Son Eminence a officié, Son Altesse est arrivée, je prierai pour vous Notre Dame, la Sublime Porte, le Saint Siège, etc.

6° et 7° = En tête des phrases et des vers.

Quelques tipographes ont essayé tantôt d'étendre l'emploi des majuscules aux point-virgules, tantôt de les supprimer au commencement des vers ; mais leur tentative a toujours avorté : l'effet était trop désagréable à l'œuil.

Hors de ces sept cas, la majuscule est toujours fautive. A fortiori, elle l'est dans les phrases entièrement abrégée : celles-ci doivent s'écrire,

s· g· d· g· pour sans garantie du gouvernement.

t· s· v· p· - - tournez s'il vous plait.

c· q· f· d· - - ce qu'il fallait démontrer.

Elle est également fautive dans les abréviations simples. (*)

Lettres dérivatives

La lettre dérivative est celle qui persiste à la fin d'un mot générateur pour indiquer la forme des mots dérivés.

règlement	d'où dérivent	réglementer, réglementation.
puits	- -	puiser, puisatier
office	- -	officiel, officiellement
hazard	- -	hazarder, hazardeux
part	- -	partage, participer
coaltar	- -	coaltaré, etc.

Cette règle de dérivation est calquée sur le génie humain, puisque elle se retrouve dans tous les idiomes. Les quelques exceptions qui peuvent exister n'ont aucune force d'argumentation contraire. Il en résulte que, malgré l'usage fautif, on peut et on doit écrire

_____

(*) Pour une démonstration plus complète et pour les détails nombreux, voir notre TRAITÉ RATIONEL DES MAJUSCULES.

concour à cause de concourir

discour	- -	discourir, discoureur
cour	- -	courir, coureur
entrepôs	- -	entreposer
dépos	- -	déposer, dépositaire
rempar	- -	remparer

et réciproquement

substanciel à cause de substance

différenciel	- -	différence
essence	- -	essence, etc.

La lettre dérivative doit toujours persister. C'est un véritable crime de lèze logique que de former sans *l* le pluriel des noms en *ant* et en *ent*. Paul Féval nous écrivait un jour : « Votre système devient une bizarrerie rétrograde, quand il plaide pour la restitution de certaines lettres non prononcées : *touts, enfants*, etc. A mon sens, vous auriez pu négliger ce détail qui signifie peu et qui, pour des yeux inattentifs, vous place en contradiction avec vos idées de simplification ».

Non, non, nous ne voulons pas de simplification ; non, nous ne voulons pas simplifier. Nous voulons régulariser, toutes les fois que l'oreille le permet.

Précisement, le pluriel *enfans*, que nous citait Paul Féval, est un de ces abus malheureux qu'on ne saurait trop regretter.

Soit le nom singulier *enfant*. Comment en français se forment les pluriels ? En ajoutant un *s*. Cela donne *en-*

fants, comme de *support* cela donne *supports*. Si le *t* est inutile à *enfants*, il est également inutile à *supports*. Pourquoi vouloir ajouter à la règle générale des pluriels cette exception du *t* élastique ?

Autre aspect. Soit le nom pluriel *enfans*. Quel sera pour un étranger le singulier ? *Enfan*. Par conséquent, en vertu de la loi des dérivés, les étrangers formeront *enfaner*, *enfanillage*, *enfanin*, etc ; et ils auront raison, mais ils ne commettront pas cette faute, lorsque la présence du *t* les conduira à former *enfanter*, *enfantillage*, etc.

Certes de pareilles lettres ne sont jamais oiseuses.

Encore une fois, il n'y a de lettres inutiles que celles qui contrarient la prononciation ou les dérivations. A celles là point de merci. Quand un arbre a dévié dans un quinconce récent, on n'en supprime pas les branches, on le redresse.

C'est cet ordre d'idées qui pousse quelques auteurs à supprimer le *s* final de bien des mots. On ne saurait trop suivre leur courageux exemple.

> Que nul remord ne le retienne. Dorat.
> Et s'il faut quelque jour que vous pleuriez leur mort,
> Qu'au moins leur souvenir ne soit pas un remord. Soumet.
> Consolant les maudits, apaisant leur remord. Ch· Poncy.

Le mot *legs* offre l'exemple le plus saugrenu de ces sortes de *s*. En effet, la prononciation donne *leg*, l'étimo-

logie *legatum*, la dérivation *légataire*, l'ancienne orthographe *lay*, la grammaire *leg* par opposition au pluriel
legs ; et cependant les lexicographes de Panurge ne cessent d'enregistrer *un legs*. Voilà une faute imposée et
perpétuée par des collèges seuls.

Le mot *mors* est dans le même cas. *Mor* est si bien
l'orthographe véritable que le public prononce *mor raux
dents*.

Ainsi donc les dérivations doivent faire loi pour la
lettre finale des mots primitifs. On n'a pas à s'occuper
des expressions qui n'en engendrent aucune autre. Qu'on
mette *homard* ou *homart* ou *homar*, c'est toujours le
même crustacé, l'oreille est toujours satisfaite.

Emploi des caractères.

On écrit en italiques tout ce qui n'est pas français,
par conséquent les mots étrangers, les néologismes, les
archaïsmes et les fautes signalées.

Quelques tipographes avec raison mettent entre virgules renversées ou entre secondes géométriques, les
mots qui dans les manuscrits sont soulignés comme formant calembourg, allusion, etc.

On écrit en toutes médiuscules du texte les titres de
livres, de pièces dramatiques et de journaux.

On devra par suite écrire de la même manière :

« *J'ai acheté* un Virgile *du* 15ᵉ *siècle, je possède un* Horace *d'Elzévir ;* et au besoin : *la fable des* Deux pigeons, le chapitre de l'Emancipation ».

Les titres de tableaux et de sculptures doivent s'écrire en caractères différents de ceux du texte, capillaires ou bretonnes. Si l'atelier est peu pourvu en variétés de fontes, on pourra dans ce cas employer aussi l'italique comme pour les expressions étrangères : la *descente de croix* de Daniel, la *Vierge* de Murillo, le *Napoléon* de Canova, le *Milon* du Puget, etc⸱ Mais on écrit « j'ai acheté un Rubens, un Corot, etc⸱ », ce qui est une ellipse équivalent à « j'ai acheté un tableau par Rubens ou de Rubens, etc ». *Rubens* en italiques voudrait dire un portrait complet de Rubens peint par un autre artiste.

Les noms propres de navires doivent s'écrire avec une simple majuscule comme ceux de chiens, de chevaux, de villas, etc :

« à bord du Vengeur, le vaisseau le Redoutable, le bateau la Rosalie, la chaloupe le Saint-Pierre, la frégate la Méduse.

Signes orthographiques

Nous ferons seulement quelques observations critiques sur les signes qui vont suivre.

Accent circonflexe :

L'accent circonflexe est censé se mettre sur les voyel-

les longues : *pâtre*, *gîte*, le *nôtre*, *flûte*, etc· Mais on ne
le met point sur toutes les sillabes longues, mais on
l'emploie dans tel cas et on le néglige dans tel autre cas
semblable, mais peu de personnes voire instruites l'adop-
tent à l'écriture courante, mais il se confond avec l'accent
grave: *tempête*, *fête*, etc·, ou mieux *tempète*, *fète*, etc·,
par rapport aux *è* pénultièmes : toutes ces raisons rendent un peu ce signe superflu. D'ailleurs à ceux qui
veulent qu'il remplace un *s* supprimé, nous ferons remarquer que nos aïeux disaient à la fois « *le nostre* » et
« *nostre père* » et que de *escu*, *escuyer*, etc·, nous faisons simplement *écu*, *écuyer*, etc· L'utilité pratique et
logique de l'accent circonflèxe ne se montre qu'en poésie.
Là il sert à indiquer la suppression momentanée d'un
e muet dans l'intérieur d'un mot.

>   vraîment au lieu de vraiement,
>   maniment   - -   maniement,
>   ralliment   - -   ralliement,
>   ingéniment - -   ingénuement,
> Joûra-t-elle au moins pour la cour ? Dorat.
> D'une écharpe que les amours renoûraient. Dorat.

Une prose bien orthographiée ne doit jamais offrir des
contractions de ce genre.

Accent grave :

Dans les dialectes romans, l'accent grave ou ouvert (*)

(*) Accent ouvert, qui se place sur les *è* ouvert par opposition à l'accent fermé qui se place sur *é* fermé.

sert à distinguer le *u* celtique du *ù* latin, qui se prononce *ou*. Nous donnons en français la même accentuation à cet *ù* partout où il rend le même son.

éqùation	aqùarelle	lingùal	qùatuor
exéqùatur	sqùammeux	sqùale	quinqùagésime
sqùarle	la Gùadeloupe	qùadrature	le Gùadalquévir
qùadrangulaire	qùadrilatère	un qùaker	aqùarium
adéqùat	qùasimodo	aqùatique . . . .

Tréma :

Voici notre définition : le tréma est un petit signe
qu'on place sur l'une de deux lettres habituellement
réunies pour les rendre indépendantes dans la prononciation. Exemples :

*naïf. Saül, ambigüité, aigüe, j'argüe, il argüa, Biscaïe,
baïadière, faïence, égoïste, baïonnette, païen.*

Dans toutes les grammaires nous trouvons la singulière définition que voici : « le tréma est un double point
qu'on met sur une voyelle pour la faire prononcer sépa-
réement de celle qui précède » ; et les auteurs ajoutent
triomphalement, comme exemples, *ciguë, continguë*, etc·
De sorte que, d'après ces messieurs, un étranger doit
prononcer *la cigü-e*, *elle est contigü-e*, en faisant une
syllabe de plus avec le *e* muet de la fin.

La nature même du tréma l'empêche de se placer sur
ia, aé et *oé*, attendu que jamais *i* et *a*, *a* et *é*, *o* et *é* ne
se réunissent pour former un son simple.

C'est donc une faute grossière d'écrire *poète israël,
iambe*, etc' On écrira toujours :

    poète, Noé, Chloé, Evanoé, aloès, iambe, iambique,etc'

Les prêtres de ce mystérieux état de Méroé. Prévost Paradol.

Dans les livres les tipographes ont l'habitude de trématiser le mot *Noel*. Voila un cas d'accentuation bien fausse.

Ces messieurs écrivent *Noël*; nous les mettons au pied de la casse de nous fournir une raison.

Quelles sont en français les lettres qui se réunissent pour former un son particulier ?

Ce sont

e	et	*u*	*qui donnent*	*eu*	*(jeu)*,
a	et	*i*	- -	*ai*	*(lait)*,
a	et	*u*	- -	*au*	*(étau)*,
o	et	*u*	- -	*ou*	*(loup)*,
p	et	*h*	- -	*ph*	*(phrase)*,
g	et	*n*	- -	*gne*	*(montagne)*,
c	et	*h*	- -	*che*	*(cheval)*,
o	et	*i*	- -	*oua*	*(loi)*.

Quand par hazard ces lettres accouplées doivent garder leur valeur isolée, on marque l'une d'elles d'un tréma ; et on a *Beü, oïdium, Antinoüs, naïf, Saül, Zoïle,* etc'

Hébien ! jamais en français, nous le répétons, *a* et *é*, *é* et *é*, *i* et *é*, *o* et *é*, *u* et *é*, ni *y* et *é*, ne se réunissent pour former un son particulier. Donc l'occasion du tréma, ne se présente jamais ; et on doit écrire avec un simple accent fermé : *Aglaé*, *Noé*, *Josué*, *Boué*, *poèmes Gaéliques d'Ossian*, *poésie*, *poète*, etc.

D'un autre côté, en vertu de la règle générale qui dit que tout *é* fermé ne terminant point la sillabe, perd son accent, la sillabe *el*, quelle que soit sa position, doit aussi perdre le sien : *Elme*, *belvéder*, *Michel*, *Elzévir*, *Abdelkader*, *Castelbajac*, *Casteljau*, *nouvel*, etc.

Or, cette obligation ne cesse pas d'exister, quand la sillabe *el* est précédée d'une des six voyelles avec lesquelles elle ne se combine jamais.

C'est ce qu'ont parfaitement senti le matelot Mikael, le juif Méel, le prophète Ézéchiel, le maréchal Niel, le jésuite Voel, le représentant Manuel et le facteur Pleyel.

Comprenez-le donc de même, ô tipographes ; écrivez *Raphael*, *Israel*, *Noel*, etc. ; et voire, pour vous moquer un peu des professeurs de langue patentés, allez jusqu'à écrire *Noel* et *Chapsal*.

Nos lecteurs comprendront tous les services que pourrait rendre le tréma considéré d'après notre définition ; laquelle est tout-à-fait logique, ils daigneront nous l'avouer :

mis sur le *n* de *gnome*, *gnostic*, etc. ,il avertira les étudiants de séparer les deux lettres *g* et *n* habituellement réunies :

mis sur le *u* de *équiangle*, *équilatéral*, etc·, il avertira de séparer *q* et *u* habituellement réunis ;

mis sur le *u* de *aiguillon*, *aiguiser*, etc·, il avertira de séparer *g* et *u* habituellement réunis.

Trait d'union :

L'abus qu'on fait aujourdhui du trait d'union est vraiment déplorable. Nous avons vu des enseignes qui portent *prix-fixe*, des tombes où est gravé *ci-gît*, un écriteau de chemin de fer où se trouve peint *Golfe-Jouan*, des milliers de factures qui parlent du *Pont-neuf*, etc·, etc·, etc· Il est impossible de formuler une règle que le bon sens supplée si facilement. Nous nous contenterons d'indiquer quelques emplois défectueux.

Joseph André Pierre Michelin. == Quand la même personne est assez riche pour avoir plusieurs prénoms, on ne doit pas les séparer par des virgules, de peur de tomber dans le sens de la phrase suivante :

Pierre, Thomas, Michel et Jean Corneille ont illustré les lettres et la peinture.

La virgule est un signe trop séparatif : elle a l'air de faire rapporter chaque prénom à un être différent. On sépare par une virgule chaque épithète appliquée au même individu, parceque chaque épithète éveille une idée indépendante de celle qu'éveillent les autres épithètes. Il n'en n'est pas de même pour les prénoms.

Qu'un nom, sur les registres de l'état civil, soit escorté de deux, de cinq ou de trente prénoms, c'est toujours le même nom, le même personnage, la même idée.

A coup sûr, cette raison n'entraînera point la présence du trait d'union. Le trait d'union soude ensemble deux expressions, et en fait un seul mot. Plusieurs prénoms ne font jamais un seul mot, à moins que ce ne soient des prénoms composés.

Admettons l'enfant *Victor Jacques Joseph Massonet.* Comment l'appellera sa mère? *Victor,* ou *Jacques,* ou *Joseph.* On n'aura pas de peine à nous avouer que jamais une mère n'a appelé son enfant comme suit : « viens, *Victorjacquesjoseph,* viens avec moi ».

Le trait d'union entre les prénoms est donc une maladresse tipographique. Nous employons à dessin cette expression, parceque nous ne pouvons admettre que la tipographie soit plus enchevêtrée que les manuscrits. Et cependant dans les manuscrits nous écrivons tous

Jean Jacques Rousseau,
Pierre Thomas et Jean Corneille,
Victor Jacques Joseph Massonet.

Supposons-nous en Espagne. Le mercredi 14 de février 1806, y est mort un enfant qui avait 112 prénoms. Si tous ces prénoms sont réunis par un trait d'union et ne forment qu'un seul mot, la langue Espagnole offrira donc des mots de quarante à cinquante lignes de long.

Ce qui est absurde et prouve la fausseté de l'hipothèse.

Nous nous rappelons avoir lu, dans les RELATIONS du missionnaire Laverlochère, que, sur la baie d'Hudson, les Makégongs ont une langue composée de mots interminables. Pour dire *j'ai peur*, ils disent

naspitchinikokwanissakenindamichkagogobon,

et, pour dire *explique cela*, ils disent

nanatotamawatitamatamatagok.

Nous conseillons aux tipographes qui chérissent le trait d'union, source des longs mots, d'aller s'établir sur le sol de ces dignes sauvages ; ils y trouveront de quoi remplir leurs composteurs.

Remarquons enfin qu'on ne peut scinder un prénom composé, sous peine de ne plus s'entendre.

Jean-Jacques Rousseau n'est pas *Jean Rousseau* ; *Louis-Philippe I* n'est pas *Louis I* ; *Marie-Antoinette D'Autriche* n'est pas *Marie D'Autriche*. Cependant Jean Rousseau, Louis I et Marie D'Autriche avaient d'autres prénoms dont nous ne tenons aucun compte. Or si d'un côté nous ne pouvons diviser ni des mots propres ni des mots communs soudés par un trait d'union (*Jean-Jacques, Jean-Baptiste, Louis-Philippe, dame-jeanne, sainte-barbe, chou-fleur*) ; si d'un autre côté nous pouvons impunément retrancher tel prénom ou telle épithète, nous sommes bien amenés à conclure que les prénoms, par

plus que les épithètes, ne jouissent de la compacité in-
violable des mots composés, et que par suite le trait
d'union est fautif.

Etats Unis d'Amérique. === Ce sont des états unis par
excellence, entre tous les états qui peuvent être unis
dans un même but ; Etats Unis sont pris dans une acception absolue, le substantif et l'adjectif restent indépendants : pas de trait d'union. Les Italiens, en conformité
de ce principe, écrivent *Stati Uniti*, et les Anglais *United
States,* sans l'embarras du trait d'union. Les habitants
des Etats Unis s'appellent et se font appeler *Américains.*
Chose étrange ! Voilà un peuple grand, libre et fier, qui
n'a pas de nom générique de pays. Un Américain est un
indigène du continent d'Amérique , comme un Euro-
péen est un indigène du continent d'Europe. L'habitant de la France s'appelle *Français,* l'habitant des
Etats Unis s'apelle... Dernièrement pour remédier à
cette lacune et pour légitimer le titre d'*Américain,* le
sénat de New-York a déclaré que les Etats Unis s'ap-
pelleraient désormais *Amérique.* Une balourdise en rem-
placement d'une autre balourdise. Le moment était bien
propice pour réparer une injustice historique. Il fallait
débaptiser la petite province qui s'appelle *Colombie,*
étendre ce nom à tous les Etats Unis, en honneur de
Christophe Colomb, et appeler les habitants les *Colom-*

biens, comme les Autrichiens, les Brésiliens, les Péruviens, les Hanovriens, les Chiliens, les Indiens, les Phéniciens, les Norwégiens, etc·

, Voir tome ɪᴠ, page 213 :

> Les Etats Unis d'Amérique
> Montrent un grand peuple pratique, etc·

Notre Seigneur. ⹀ Quand Notre Seigneur signifie le fils de Dieu, l'expression est conforme à la précédente. C'est Notre Seigneur pris dans un sens absolu et non notre seigneur de tel ou de tel autre village.

Notre Dame. ⹀ Autant en dire de Notre Dame s'appliquant à la vierge Marie.

Cette expression indivisible est alors parfaitement compréhensible, mais en est-il de même dans les suivantes ?

> Il a été baptisé à notre-dame de Paris.
> Nous avons grimpé jusqu'à notre-dame de la Salette.
> Je demeure près de notre-dame.
> On a fini les restaurations de notre-dame en même temps que celles de la préfecture.
> Le couvent de Laguet et notre-dame de Laguet ne forment qu'une même bâtisse.
> Presque chaque pays a sa notre-dame où on court en pélerinage.

Evidemment non. *Notre-dame* est là un sinonime spécial d'église ; c'est une désignation comprise dans le dictionnaire ; ce n'est ni l'adjectif possessif *notre* ni le nom commun *dame* ; ce sont les mots *notre* et *dame* qui par leur accolement donnent naissance à un nom commun composé signifiant sanctuaire. Il faut donc mettre le trait d'union et supprimer les majuscules.

Nous aurons ainsi

la notre-dame de Paris, la notre-dame de Laguet, la notre-dame des Neiges, la notre-dame d'Antibes, la notre-dame de la Salette, la notre-dame de la Garde, etc ;

comme nous avons

la cathédrale de Reims, la cathédrale de Strasbourg, la cathédrale d'Aix, la cathédrale de Nice, etc ;

et dans toutes ces diverses localités, ces diverses notre-dames on adorera uniformément Notre Dame ou Marie. De Notre Dame sont dérivées les *notre-dames*, comme de Napoléon les *napoléons*, de Louis les *louis*, de Gruyère les *gruyères*, de Bordeaux les *bordeaux*, de Quinquet les *quinquets*, de Guillotin les *guillotines*, de Voltaire les *voltaires*, etc.

Une pareille distinction qui existe en fait et qu'on observe déjà pour le mot *saint* (*) aura en outre l'avantage de faire disparaître de nos livres des noms propres

Bâtisses :	Personnes :
(*) le couvent de Saint-Pons.	le martyre de saint Pons.
la ville de Saint-Etienne,	la lapidation de saint Etienne.
on a restauré notre-dame de Paris.	j'implorerai Notre Dame de Paris.

d'un décimètre de long, tels que *Notre-dame-de-mont-saint-Exupère*, *Notre-dame-des-Alpes-Maritimes*, et tels que devaient les aimer messieurs Nabuchodonosor, Misphragmoutosis, ou Wawerbenbilwoodie De Katzenenellenbongen.

Il y aurait quelque chose de mieux, ce serait d'orthographier une *notredame*, deux *notredames*, plusieurs *notredames*.

Jésus Christ. === C'est aussi d'une manière absurde que le trait d'union s'est glissé dans l'appellation du Dieu de la chrétienté. Mettons *Jésus Christ* et non *Jésus-Christ*. *Christ* ne représente qu'un surnom. Le nom de famille n'existait pas chez les anciens. Le Rédempteur s'appelait simplement Jésus, variante de Josué. Quand on l'eut crucifié, on lui donna le surnom de Christ. Cela fait *Jésus le Christ* ou *Jésus Christ*, comme *Jean le Chrisostome* ou *Jean Chrisostome*, comme *Jean Sans-terre*, comme *Jeanne Hachette*, etc. Si *Jésus Christ* formait un un seul nom propre composé, les catholiques ne pourraient pas dire *Jésus* tout court ni les protestants *Christ* tout court; car de *Gay-Lussac* nul ne s'avise de dire *Gay* tout court ni *Lussac* tout court; de *Pigault-Lebrun*, *Pigault* tout court ni *Lebrun* tout court; de *Manco-Capac*, *Manco* tout court ni *Capac* tout court; car du département des *Alpes-maritimes* on ne peut dire le département des *Alpes* tout court ni *Maritimes* tout court; du département de la *Seine-inférieure, Seine* tout court ni *Inférieure* tout court.

Me séparer de la charité de Dieu, la quelle est dans le Christ Jésus, Notre Seigneur. IMITATION, L.' III, c' XXII.

De Jesu Christo sanctos mostrando prophetas. Jean de Barros, 1540.

Le mont Blanc. === Pour les cas de ce genre, il faut au préalable établir la distinction entre les noms propres composés qui exigent le trait d'union et les expressions de localité indivisibles qui le repoussent, telles que

la brèche de Rolland, le pont des Soupirs, le gouffre d'Enfer, le val du Lis, le port de la Glère, les grottes de la Jeannotte, le col de la Frèche, le col de l'Homme, le chemin du Connétable, le pas de l'Ours, le pas de la Clé, le trou des Étoiles, le col de Tende, le défilé des Pendus, le pic de Ténériffe, le piz Bernina.

comme bientôt nous allons raisonner pour établir la distinction entre les noms composés (œuil-de-bœuf) et les locutions substantives (robe de chambre).

Soit l'expression *Casque-de-Néron.* Il ne s'agit là ni de l'empereur Romain ni de son casque, il s'agit d'une montagne; c'est comme si on disait le *Néron-casque.* C'est donc un seul mot. Traits d'union.

Soit d'autre part l'expression *val du Lis.* Ne s'agit-il point d'une petite vallée appelée *Lis* par les montagnards? Incontestablement. C'est donc une expression indivisible de localité. Pas de traits d'union.

Ce mien procédé est infaillible.

De cette démonstration découlent les observations suivantes.

Parmi les expressions indivisibles de localité, les unes, comme celles de lac, de pont, de vallée, de golfe, exigent toujours la présence du nom commun qui se trouve individualisé :

le lac Majeur, le pont Solférino, le val d'Andorre, le golfe Jouan,

et jamais :

le Majeur, le Solférino, l'Andorre, le Jouan.

D'autres, comme celles de mer, de fleuve, de montagne, de vaisseau, permettent quelquefois de sousentendre le nom commun qui se trouve individualisé :

la mer Méditerranée, la mer Baltique, le fleuve du Rhône, le fleuve Scamandre, le mont Caucase, les monts Carpathes, le vaisseau Monitor, la frégate Sainte-Rose.

et également

la Méditerranée, la Baltique, le Rhône, le Scamandre, le Caucase, les Carpathes, le Monitor, la Sainte-Rose.

C'est là une pure question d'euphonie. On doit conclure de ces exemples que lorsque l'oreille demande la présence continuelle du nom commun, celui-ci forme avec le mot propre une expression indivisible et non un nom propre composé.

Tel auteur qui écrit

Villa-Ruffini, Guide-Joanne, Villa-Soleil, Golfe-Jouan, Pont-Neuf, etc·,

est aussi ridicule que s'il écrivait

Imprimeur-Didot, Maison-Astraudo, Romancier-Dumas, Cheval-Athos.

Un hôtel est une sorte d'établissement où, moyennant finances, on dort et on mange ; on en trouve dans toutes les villes du monde ; Victoria est le nom propre d'un de ces établissements situé à Nice. Un imprimeur est un industriel qui, moyennant finances, tire votre pensée à des milliers d'exemplaires ; on en trouve dans toutes les cités du monde ; Plon est le nom propre d'un de ces industriels établi à Paris. Les gens de bon sens écriront donc *l'imprimeur Plon, l'hôtel Victoria*.

Continuons ce raisonnement.

Qu'est-ce que le mont Caucase ? un mont qui s'appelle Caucase.

Qu'est-ce que le mont Dore ? un mont qui s'appelle Dore.

Qu'est-ce que le mont Cau ? un mont qui s'appelle Cau.

Qu'est-ce que le mont Blanc ? un mont qui s'appelle Blanc.

Qu'est-ce que le mont Gros ? un mont qui s'appelle Gros.

Qu'est-ce que le peintre Gros ? un peintre qui s'appelle Gros.

Qu'est-ce que le juge Blanc ? un juge qui s'appelle Blanc.

Qu'est-ce que le pont Solférino ? un pont qui s'appelle Solférino.

Qu'est-ce que le pont Vieux ? un pont qui s'appelle Vieux.

Qu'est-ce que le palais du Louvre ? un palais qui s'appelle Louvre.

Qu'est-ce que le palais Royal ? un palais qui s'appelle Royal, et non un palais royal quelconque.

Qu'est-ce que le torrent Obscur ? un torrent qui s'appelle Obscur.

Qu'est-ce que le jardinier Karr ? un jardinier qui s'appelle Karr.

Qu'est-ce que la mer Rouge ? une mer qui s'appelle Rouge.

Qu'est-ce que le chocolat Ménier ? une sorte de chocolat distingué par le nom propre Ménier, et non le chocolat Hibled ni le chocolat Ratto ni tel autre.

Qu'importe que l'oreille exige ou refuse le concour du nom commun ? Si *Mont-blanc* est un nom propre comme *Caucase*, si *Pont-neuf* est un nom propre comme *Rialto*, soyez logiques, ô tipographes, et écrivez le *mont Caucase*, le *mont Mont-Blanc*, le *pont Rialto*, le *pont Pont-Neuf*.

Nous croyons donc établi que les tipographes comme les gens du monde doivent écrire uniformement :

le piz Morteratsch,	le cirque Italien,
le piz Bernina,	le cirque Napoléon,
le piz Palii,	la forêt Noire,
le mont Pers,	les guides Joanne,
le glacier de Pers,	la croix de Mardaret,
le col de Villefranche,	la croix de Marbre,
le défilé des Pendus,	la croix de Garde,
le golfe du Lion,	l'avenue du Prince-impérial,
le puy de Gravenorre,	l'avenue de Neuilly,
le puy de Chateix,	torrent Obscur,
le puy de Dôme,	lac Majeur,
le golfe Jouan,	fontaine de Mouraille,
le mont Gros,	fontaine Sainte,
le puy Gros,	le pont Rialto,
le mont Perdu,	le pont Royal,
la mer Rouge,	le pont Vieux,
le pic Noir,	le pont Neuf,
le mont Blanc,	le palais Médicis,
la montagne Noire,	le palais Royal,
le mont Boron,	rue Saint-Martin,
le mamelon Vert,	rue Neuve-des-petits-champs,
le café Procope,	rue Impériale,
le café Américain,	place du Louvre,
l'hôtel Victoria,	mont Dore,
l'hôtel Méridional,	mont Cau,
l'hôtel du Midi,	théâtre Italien,
villa Bermond,	théâtre des Variétés,
villa Ruffini,	théâtre Français,

villa Soleil,	académie Lyonnaise,
rue Vieille,	académie Française,
rue Neuve,	. . : . . . .

Nous pourrions citer un assez grand nombre d'ouvrages où cette loi si logique est observée par les tipographes de goût.

On travaillait à la construction du quai en amont du pont Neuf. Joanne.

En se donnant rendez-vous au pont Neuf pour six heures du matin. Canler.

La quantité d'eau soulevée par la lune représente un poids supérieur à celui de la chaîne des Alpes, y-compris le mont Blanc. JOURNAL ILLUSTRÉ, n° 39, Mathieu de la Drôme.

Nous avons voulu voir la Seine et l'avons traversée dans sa longueur sur une voie qui se nomme *le pont Neuf*; on nous a dit que ce pont s'apelle *Neuf* parcequ'il est fait depuis deux cent cinquante ans. Thimothée Trimm.

Cette chute est formée par un torrent descendu du puy Gros. Joanne, AUVERGNE. p· 705.

Demi deuil. == Que n'a-t-on pas avancé à propos de cet adjectif *demi !* Nous nous rappelons un ouvrage où on prétendait que dans un *panier et demi*, *une heure et demi*, les mots et demi ne forment qu'un adjectif unique. La conjonction *et* n'étant là que comme une sorte d'appendice.

Nous tranchons tous les débats en proclamant simplement et naïvement que *demi* est un adjectif comme les autres.

On a l'habitude d'écrire *une demi-heure*. C'est donc là un nom composé? Chacun des mots composants sort donc de son acception ordinaire? Pas du tout. Dans *demi-heure* il s'agit bien de moitié, il s'agit bien d'heure. Ce serait tout au plus une locution substantive, formée d'un mot variable et de l'invariable *demi*; et il faudrait écrire *une demi heure*, *des demi paniers*. Or ce n'est pas même une locution substantive.

Diriez-vous

je suis allé voir le juge tantôt de paix,
nous sommes partis par le chemin avec ma sœur de fer?

Non, parceque les locutions substantives demeurent indivisibles et inaltérables.

Cependant, vous pouvez séparer *demi* des mots qui l'accompagnent.

Si votre domestique, allant chercher dans la cave des bouteilles ou des demies bouteilles de champagne, vous crie : « monsieur, je n'en trouve plus » vous lui répondez : « je croyais qu'il y en avait encore deux demies ».

Un jour, notre vieux professeur de seconde nous écrivait : « certes Désangiers, votre quasi compatriote, aurait bien ri, s'il avait su qu'un grammairien, en publiant une grammaire à l'usage des gens du monde et non pas du demi ni du quart du monde, s'appuierait de l'autorité de ses chansons ». Voilà un professeur de l'Université qui a orthographié *demi monde*.

Dans toutes les notes nous écrivons *1/2 heure*, *les 1/2 heures* et pourtant nous n'oserions écrire *1/2 morte*, *1/2 vélue*.

Sur les poids on écrit

un kilog	deux kilog	demi kilog	ou bien	1 kilog	2 kilog	1/2 kilog

Si donc *demi* est séparable, et de fait est très souvent séparé des mots qu'il précède, *demi* ne forme point avec ces mots un nom composé ni une locution substantive ; *demi* a donc une existence isolée: vivant isolément, il est donc adjectif comme dans toutes les langues et repousse le trait d'union :

dimidius panis	en latin	un demi pain,
dimidia hora	- -	une demie heure,
mezzo paniere	en italien	un demi panier,
mezza brocca	- -	une demie cruche,
meia duzia	en portugais	demie douzaine,
meio pão	- -	demi pain,
halbes glass	en allemand	demi verre,
halbe stunde	- -	demie heure,
half an hour	en anglais	demie heure,
half a glass	- -	demi verre,
medio sextario	en espagnol	demi sétier,
media luna	- -	demie lune,
miéch picoulin	en roman	demi picotin,
miéjo gouarbo	- -	demie corbeille.

On accepte déjà cette répulsion du trait, quand on orthographie

trois mètres et demi (sousentendu *mètre)*,
trois poignées et demie (sousentendu *poignée)*,
trois heures et demie (sousentendu *heure).*
trois paniers et demi (sousentendu *panier).*

Est-ce qu'à tous moments nous n'entendons pas le dialogue suivant ? « Quelle distance y a-t-il de ce village à la mer ? — Une grosse heure, une bonne heure, une petite heure, une demie heure. » *Grosse, bonne, petite, demie* ne sont-ils pas féminisés de la même manière pour modifier *heure* ?

Nous pouvons dire encore qu'il n'y a aucune différence dans les deux expressions ci-dessous

un demi panier   c'est à dire   divisé par deux,
un double panier   - -   multiplié par deux ;

que par suite, pour nous moquer des gens qui écrivent *demi-panier*, rien ne nous empêche d'écrire *double-panier*.

La véritable orthographe, commandée par le génie de la langue et par certaines tournures du langage, est donc, en dépit des grammairiens,

des demies heures,   des demies rations,
des demies mesures,   des demis paniers,
des demis mots,   des demis deuils :

7

Mais on doit continuer d'écrire

des demi-fortunes	nom composé qui signifie *voitures*.
des demi-lunes	nom composé qui signifie *bastions :*

et d'écrire

demi-morte, demi-vêtue, demi-folles, demi-sauvage, etc,

parceque ce sont des adjectifs composés.

Il verrait la vérité entière, aussi bien que demie, nais-
sante et imparfaite. Montaigne.

Quand Balzac sortait de sa prison volontaire, c'était pour
traverser l'Allemagne afin de passer une demie journée
avec une grande dame Polonaise. T· Révillon, PETITE
PRESSE.

Ledit excédant ne pourra estre que d'une aulne et un quart
en plus et les demies pièces à proportion. RÈGLEMENT GÉ-
NÉRAL pour les longueurs, largeurs et qualités des draps,
etc· Paris, chez Frédéric Léonard, 1669, rue saint-Jacques
à l'escu de Venise.

Les serges de Crève cœur auront demie aulne de large tous
les droguets blancs auront demie aulne et un douze de
large.   Idem.

Il ne sera désormais fait aucune étoffe pour tel drapaut ou
serge qu'elle n'ait une demie aulne.   Idem.

Ainsi du reste, où sans pact ni demi. La Fontaine.

Il y avait là le monde sous ses trois variétés : le grand, le
petit et le demi. LE FURET.

D'autres entiers, lui pas même demi.

Je n'ai plus espoir ni demi. Piron.

Et le silence dura plus d'une demie heure. HISTOIRE DES DIA-
BLES DE LOUDUN, Amsterdam, 1752.

Deux vers de la grosseur d'un demy doigt. A· Paré.

Séparé en son milieu d'environ demy doigt. Id·

Voire quelques fois demy pied ou plus. Id·

500.000 f· (demi million) destinés à 4 800 obligations.
Delfrate, CIRCULAIRE de l'emprunt de Milan.

Dans le demi jour qui les éclairait alors, ses yeux me parurent plus brillants. Joanne, UN CHATIMENT.

D'une dette accrue d'un emprunt d'un demi milliard.
GAZETTE DE FRANCE, 28 de janv· 1868, Janicot.

Le trente-et-quarante se joue avec le demi refait. JOURNAL DE MONACO.

Mi jambe, mi corps. ═══ *Mi* est une particule invariable qui remplace le mot *moitié*, elle a une existence parfaitement indépendante. Or on dit à la fois *jusqu'à moitié corps*, et *jusqu'à mi corps* : deux expressions identiques ne peuvent que s'écrire d'une manière identique.

Moitié renards, moitié loups, notre règle est un mystère. Béranger.

Sortit une ombre, mi pontife et mi guerrier. ★★★

Ces toilettes-là ne sont que des sortes de cérémonies mi voluptueuses mi de convention. De Kock, MINETTE.

Il existe quelques expressions où la particule *mi* a servi à former des noms composés. Là le trait d'union doit persister :

mi-janvier, mi-février, minuit

On dit *jusqu'à la moitié de juillet* et *jusqu'à la mi-juillet*. Le mot *mi-juillet* est un nom composé pour deux

motifs : il offre une contraction, et il a un autre genre
que *juillet*. Ainsi des autres.

Semi officielle. == *Semi* est une seconde particule invariable, éveillant l'idée de moitié comme *mi*, et ayant
son existence individuelle ; mais, alors que *mi* se place
seulement devant les noms, *semi* se place seulement devant les adjectifs.

> une nouvelle doublement officielle,
> une nouvelle réellement officielle,
> une nouvelle semi officielle.

La simple inspection de ces trois exemples montre
quelle doit être la composition orthographique des trois
adverbes invariables *doublement*, *réellement* et *semi*.

Semi est un mot venu du latin comme *quasi*, et ayant
la même horreur d'un trait d'union :

> Et plus tard, lorsque de cette quasi théorie ils passaient
> à l'application. Jean Tapié.
> La minauderie dans ce quasi portrait est poussée jusqu'à
> la grimace. Edmond About.
> L'illusion et le transport quasi apostolique d'un nouveau
> converti. Sainte-Beuve.

Petit fils, beau père. == Il y a en français un certain
nombre d'adjectifs qui changent de sens, selon qu'ils
sont placés avant ou après tel nom déterminé : c'est ce
que nous appelerons valeur de position.

vin nouveau	vin fait depuis un mois,
nouveau vin	vin différent de celui qu'on vient de boire,
grand homme	homme célèbre,
homme grand	haut de taille,
petites maisons	maisons de fous,
maisons petites	maisons étroites,
petit homme	bas de taille,
homme petit	bas de sentiments,
petites gens	bas de sentiments,
gens petits	bas de taille,
petits pois	pois frais,
pois petits	de petite dimension,
grande dame	de la haute société,
dame grande	de taille élevée,
homme jeune	peu âgé,
jeune homme	adolescent non marié,
air grand	air distingué,
grand air	air de gentil homme,
bonne maman	aïeule,
maman bonne	mère aimante et douce,
honnête homme	probe,
homme honnête	poli,
grosse femme	qui a de l'embonpoint,
femme grosse	qui est enceinte,
homme brave	plein de courage,
brave homme	honnête et pauvre,
homme galant	qui fait la cour aux dames,
galant homme	plein d'honneur,
bois mort	dont la sève est détruite,
mort bois	bois blanc qui ne peut servir aux ouvrages,
eau morte	eau stagnante,
morte eau	marées basses,
méchant vers	sans valeur littéraire,
vers méchants	pleins de méchanceté,

homme pauvre	sans fortune,
pauvre homme	à plaindre,
malhonnête homme	sans vertu ni probité,
homme malhonnête	sans politesse,
certaine chose	qu'on ne nomme pas, qui est indéfinie,
chose certaine	chose véridique,
pleine campagne	au milieu des champs,
campagne pleine	remplie d'arbres,
moyen âge	époque de l'histoire,
âge moyen	moyenne de la vie,
tambour maître	tambour en chef,
maître tambour	tambour très habile,
auteur sacré	auteur d'écrits religieux,
sacré auteur	obscur et difficile à traduire,
amie bonne	fidèle et douce,
bonne amie	maîtresse,
billet doux	lettre d'amour,
doux billet	lettre aimable,
campagne rase	campagne dépouillée,
rase campagne	loin de toute habitation,
le Céleste empire	la Chine,
l'empire céleste	le ciel.

Cette longue liste, quoi qu'en pensent messieurs les grammairiens, impose l'appendice suivante :

femme sage	de bonne conduite,
sage femme	expérimentée pour accoucher,
gentil homme	de vieille noblesse,
homme gentil	aimable, (*)

(*) Loys de Brézé, capitaine de cent gentilz hommes. Inscription de Rouen.

Ce gentil homme n'est pas plus gentil qu'un autre. Le Furet.

Le neufieme mois passé, elle envoye quérir la sage femme. A· Paré.

bon homme   un peu niais,
homme bon.   qui a du cœur.

Les adjectifs *beau*, *grand* et *petit*, placés devant certains noms de parenté, jouissent d'un privilége analogue. *Grand* et *petit*, ainsi employés, gardent encore
quelque chose de leur sens : un *grand oncle*, c'est à dire
un oncle de l'oncle, un frère de l'aïeul, une personne
grande en remontant la génération : un *petit fils*, c'est à
dire, un fils du fils, un être petit en descendant la génération. Mais l'adjectif *beau* ne garde rien de sa signification ni au propre ni au figuré ; il a été choisi et
adopté arbitrairement pour désigner la famille d'un
conjoint.

Ainsi un mari, par rapport à sa femme, dira :

mes beaux parents, mes belles gens, ma belle mère, mon
beau père, ma belle sœur, mon beau fils, ma belle fille, mon
beau frère, etc ;

et rien ne s'oppose à ce qu'il ajoute :

ma belle cousine, mon beau cousin, mon beau neveu, ma
belle nièce, mon bel oncle, ma belle tante, mon bel aïeul,
ma belle aïeule, etc ;

un enfant, par rapport à ses ascendants, dira :

ma grand' mère, mon grand père, ma grand' tante, mon
grand oncle, ma grand' maman, mon grand papa ;

un vieillard, en parlant de sa lignée, dira :

mon petit fils, ma petite fille, mon arrière-petit fils, mon arrière-petite fille, mon petit neveu, mon arrière-petit neveu, ma petite nièce, mon arrière-petite nièce, mon petit gendre, ma petite bru.

Comme les adjectifs précédemment cités, les trois adjectifs *beau*, *grand* et *petit* changent de sens, selon qu'ils sont placés devant ou derrière tel nom de parenté déterminé par l'usage.

une belle mère	mère du mari ou de l'épouse,
une mère belle	mère ayant de la beauté,
un grand père	un aïeul,
un père grand	haut de taille,
une belle sœur	sœur du mari ou de l'épouse,
une sœur belle	sœur ayant de la beauté,
un grand oncle	frère de l'aïeul,
un oncle grand	haut de taille,
un petit fils	fils du fils,
un fils petit	un fils de petite taille,
une petite nièce	fille du neveu ou de la nièce,
une nièce petite	une nièce peu grande.

Conséquemment toutes ces expressions, *petite maison*, *petits pois*, *grande dame*, *jeune homme*, *gentil homme*, *sage femme*, *bon homme*, *beau père*, *belle sœur*, *grand père*, *petit fils*, *petite fille*, etc·, forment des locutions substantives et point des noms composés aux quels puisse s'adopter le trait d'union.

En ce qui touche plus spécialement les noms de parenté, celui-ci est fautif

1° parceque, dans ces expressions un des termes gardant toujours son sens naturel, elles constituent des locutions substantives et point des noms composés ;

2° parceque, dans ces expressions l'adjectif reçoit non seulement la marque du pluriel mais aussi la marque du féminin : ce qui est contraire à la règle des noms composés, même comme l'entendent les classiques, et ce qui affirme l'indépendance de cet adjectif ;

3° parceque, dans ces expressions l'adjectif change de sens, selon qu'il est placé avant ou après le nom : ce qui les assimile aux expressions *petites maisons*, *grande dame*, etc ;

4° parceque, dans une série de cas identiques, on ne peut mettre ici le trait d'union et là le supprimer ;

5° parceque on écrit déjà *beaux parents, belles gens, grand' mère, grand' tante, petit neveu, petite nièce, grand oncle, grands parents, petits enfants,* etc.

Voici quelques exemples à l'appui soit de la suppression du trait, soit de l'extension des adjectifs *beau, grand* et *petit :*

Il n'y a pas un mois qu'étant à la noce de l'un de ses petits neveux, il a chanté. Petit Journal, n° 1141.

Hector Madinier entre donc dans le boudoir de sa future belle tante. Xavier Aubryet, Moniteur.

Le château appartient à m· De Lambertye, petit gendre de madame De Montmorency. A· Joanne.

René laissa la Provence à Charles de Maine, son petit neveu. Biographie portative.

Poussée par la dureté puritaine de ses grands parents paternels. Veuillot.

L'autre fille épousa monsieur De Villette, mon grand père.
Madame De Caylus, Souvenirs.

Ma grand' mère sœur de leur père... Idem.

Mais mon grand père et ma grand' mère étant huguenots.
Idem.

Le roi alla à Versailles et monsieur le prince demeura cons-
tamment auprès de sa belle petite fille. Id·

Je vins donc demeurer à Paris chez ma belle mère. Id·

Plus soulagé d'être défait de son beau père. Id·

La première ne regardait pas l'autre comme sa belle sœur.
Idem.

Aux grands parents, gens de robe et d'église, De Chevigné.

Disons en passant que l'adjectif *beau* servant a désigner les parents d'un conjoint par rapport à l'autre conjoint, l'expression *d'alliance* servira à indiquer la réciproque.

Ainsi vous appelerez le frère de votre femme mon
beau frère, et il vous appellera frère d'alliance ; vous
appellerez l'oncle de votre femme mon bel oncle, et il
vous appellera neveu d'alliance, etc·

Cette expression *d'alliance* a encore l'avantage de
pouvoir remplacer les mots *marâtre* et *parâtre*, puisqu'il est convenu que ces mots éveillent une idée de méchanceté.

Un petit garçon de dix ans, en parlant de l'épouse de
son père qui s'est remarié, après la mort de sa mère na-
turelle, n'aura plus à dire « c'est ma belle mère »,

comme si à dix ans il était possible qu'il eût pris femme;
il dira « c'est ma mère d'alliance ». Ce qui, à l'oreille
de tout le monde, signifie que cette personne n'est mère
du petit enfant que parcequ'elle a fait alliance avec le
père.

Une jeune femme nouvellement mariée, en parlant de
l'époux de sa mère remariée, ne dira plus « mon beau
père » comme si elle parlait du père de son propre mari;
elle pourra dire « mon père d'alliance », ce qui mettra
fin à des quiproquos quelques fois burlesques.

Très bon, très juste. === Presque généralement, la
presse moderne supprime le trait d'union dans les superlatifs. Elle fait bien. Nous n'avons qu'à démontrer en
quoi elle à raison.

En latin et en italien, on forme les superlatifs en ajoutant aux adjectifs une désinence spéciale : *justus, jus-
tissimus, bravo, bravissimo*; en français, on les forme
en faisant précéder les adjectifs du mot *très*, qui équivaut au *very* des Anglais, au *muito* des Portugais, au
sehr des Allemands, etc·

Ce mot *très* n'est point adopté au hazard com-
me *very*. *Très* signifie *trois fois*. En effet, dans l'origine
des peuples, le superlatif d'un adjectif se composait de
la triple répétition de celui-ci. Cela a lieu encore dans le
stile sublime et dans le langage des enfants.

Ainsi dire *très bon*, c'est dire *trois fois bon*. Quel rôle peut remplir là le trait d'union ? *Très* modifie *bon*, mais *fort* et *assez* le modifient aussi. Ecrit-on pour cela *fort-bon, assez-bon?* Nullement. Du reste les anciens auteurs de notre littérature se gardaient bien d'embarrasser leur prose de cette superfétation :

Au quel je me sens très tenu. Villon, 1480.
La matière est si très notable. Id.
Filles sont très belles et gentes. Id.
J'institue gens de bien très. Id.
Les quelles fibres sont très droictes. A. Paré, 1585.
Elles se tirent de Thucydile, historien très exact... Bossuet,
    DISCOURS SUR L'HISTOIRE UNIVERSELLE, 1664.
Très accrédité au près de Darius... Id.
Cabale dont madame De Maintenon ne m'a parlé que très
    légèrement. Madame De Caylus, SOUVENIRS, 1728.

Archi millionnaire. === De même que *mi* précède les noms et *semi* les adjectifs, *très* précède les adjectifs et *archi* donne aux substantifs une sorte de signification superlative ; mais ce dernier n'a pas besoin d'y être soudé :

archi millionnaire, archi coquin, c'est un archi fripon, un
    archi dévot, etc.

Quelques uns. === Nous ne nous expliquons guère pourquoi les écrivains qui, dans leurs phrases manuscrites, refusent presque tous le trait d'union a cette locution, laissent les tipographes l'y ajouter maladroitement dans la composition imprimée.

On écrit *quelque un* ou *quelqu'un*, *quelque une* ou *quelqu'une*, *quelque autre*, rarement *quelqu'autre* et *quelques autres* ; ce sont des locutions pronominales dont chaque terme a son existence parfaitement isolée. Voila-t-il pas qu'au pluriel on s'avise d'écrire *quelques-uns*, *quelques-unes*, tout en maintenant *quelques autres*.

Un signifie *une personne* ; *quelque* signifie *un entre plusieurs* ; *quelques* signifie *plusieurs entre un plus grand nombre*. Cette signification ne nécessite-t-elle pas l'orthographe suivante ?

l'un dit ceci   l'autre dit cela,
quelque un dit ceci   quelque autre dit cela,
les uns disent ceci   les autres disent cela,
quelques uns disent ceci   quelques autres disent cela.

Les exemples à l'appui ne manqueraient pas :

Et le ventre à quelques uns se lasche. A· Paré.

Et si quelques unes des branches ont été retranchées. Id·

Joïada le fit connaître à quelques uns des principaux chefs de l'armée. Bossuet, Discours, de Didot 1836.

Déja quelques unes de ses immenses baudruches se dé-gonflent. Veuillot.

Ci gît. ⟹ Les graveurs sur marbre funéraire commettent tous une faute, quand ils creusent là un trait d'union, n'en déplaise aux livres élémentaires des écoles municipales.

Qu'est-ce que *ci* ? L'abréviation de *ici*. C'est un mot

qui a son existence indépendante : *de ci, de là, par ci,
par là*, etc. *Gît* est le troisième rôle singulier du présent de l'indicatif du verbe absolu *gir* ou *gésir*.

Or, quand on écrit *ici repose, ici gît, là gît*, on ose écrire *ci-gît*. Et pour quelle raison, s'il vous plaît? Est-ce parceque *ici* est abrégé? Mais alors, pour le même motif d'abréviation, vous devrez écrire

ici gît	et	ci-gît,
cela plaît	--	ça-plait,
monsieur Trichart	--	mons-Trichart,
alors son père	--	lors-son père.
deja fini	--	ja-fini,
hélas ! assassiné	--	las !-assassiné,
ne fut oncques meilleur	--	ne fut onc-meilleur.
un kilogramme	--	un-kilog.

ţ . . . .

Dans l'expression *ci gît*, la particule *ci* n'est ni adverbe d'opposition, comme dans *celui-ci, cet homme-ci, celui-là, cet homme-là*, ni composant d'un adverbe composé, comme dans *ci-dessus, ci-inclus* : elle est bel et bien adverbe de lieu *sui generis*. Débarrassons-la donc de ce trait d'union qui peut faire l'éloge de la manière scrupuleuse dont les lexicographes et les soi-disants grammairiens ont copié leurs prédécesseurs, mais qui ne dénote chez eux aucune apparence de réflexion.

Trop plus que ci ne le racompte. Villon.
Ceste oraison j'ay ci escripte.   Id.

Cy gist honorable femme Yollande. A· Paré.

Capricorne qui l'avait écrit ou plutôt copiée de ci de là.
  H· Lefranc.

Ci gît, oui gît par la morbleu ! Benserade.

Là gît Lacédémone, Athènes fut ici. Racine fils.

Bachelier ès lettres. ═══ Voire quelques professeurs de collège écrivent *ès-lettres* : c'est tellement impardonnable que nous ne voulons pas même nous donner la peine de les combattre. Qu'ils sachent que *ès* est une vieille préposition contractée pour *dans les, dans le* ou *dans la.*

Les dames de Montégut et D'Esparbès, maîtresses ès jeux
  Floraux. A· Joanne.

A l'Institut, ès journaux et divans. L· Veuillot.

A oster le luxe et superfluité qui estait ès habillements de
  leurs subjects. Édit de Charles IX.

Un maître ès arts mal chaussé, mal vêtu. Mellin De Saint-
  Gelais.

Pour acquérir le grade de docteur ès sciences. L· Figuier.

Ainsi que j'en ai usé ès figures de l'anatome. A· Paré.

Il deviendra docteur ès sciences mathématiques. H· Lefranc.

Prime abord, prime saut. ═══ Si les grammairiens anciens et surtout les modernes avaient au collège fait à satiété le profitable pensum de *primus, prima, primam,* ils auraient dit :

« *De prime abord* ou *du premier abord, de prime saut* ou *du premier saut, de prime bon* ou *du premier bon.*

c'est absolument la même chose. Jamais, dans aucune langue, on n'a vu un adjectif né viable et qualifiant tranquillement un honnête substantif être réuni à celui-ci par un trait d'union. Nos devanciers se sont trompés, ne les singeons pas jusque là. Enseignons d'écrire *de prime abord* comme *du premier abord* ou *du premier-abord* comme *de prime-abord*. Il n'y a pas à biaiser. A ces sortes de locutions adverbiales la syntaxe concède ou refuse arbitrairement l'article ; ce dernier n'apporte donc aucun changement : on dit à la fois *à la première vue* et *à première vue*. Partant, *du premier abord* et *de prime abord* ».

Tous deux dormaient. De prime abord, Joconde... La Fontaine.

S'y révèle-t-il un de ces talents de prime saut? Contes Rémois.

Nue tête, nues jambes. ═ *Têtes nues* et *nu-têtes !* Une orthographe si dissemblable annonce incontestablement entre ces deux expressions une différence profonde. On écrit *petites maisons* et *maisons petites, hommes jeunes* et *jeunes hommes* sans variation tipographique, quoique le premier sens diffère du second d'une manière très notable. Entre *nu-têtes* et *têtes nues*, à ce point inégalement orthographiés doit donc exister pour la signification une différence immense ! Voyons un peu.

Que signifie *tête nue?* Qu'on a rien sur le chef. Que signifie *nu-tête*? Qu'on n'a rien sur le chef. Nous ne nous trompons point : deux quantités égales à une troisième sont bien égales entre elles ; et un gamin de Paris ne manquerait pas de s'écrier : « c'est blanc bonnet et bonnet blanc ». Si par hazard les grammairiens en titre veulent que le public écrive *nu-tête* (*) parceque l'adjectif est avant le nom, cet adjectif ne changeant de sens en aucune façon, le public sera obligé d'écrire   .

arbres grands   grand-arbres,   fleuves larges   large-fleuves,
pains bons   bon-pains,   fronts jolis   joli-fronts :

c'est inouï. Nous prions le lecteur d'observer que l'essence de notre langue n'entre pour rien là-dedans. Ce n'est pas un gallicisme, le moins du monde, c'est une aberration des pédagogues.

Quand on dit *il se promenait nue tête*, l'expression *nue tête* n'est ni adjectif simple, ni adjectif composé, ni substantif simple, ni substantif composé ; c'est une ellision ; cela signifie *il se promenait ayant la tête nue* ou *avec la*

(*) Le mot *nu-propriété* est souvent considéré comme un nom composé qui n'a rien de commun avec la nudité. Cependant nous trouvons dans l'ITINÉRAIRE DE LA SUISSE d'Adolphe Joanne, p' 81, cette phrase « le château de Coppet appartient au fils aîné de M' le duc De Broglie, qui ne jouira de la nue propriété qu'à la mort de sa mère ». Au lieu de former un nom composé avec *propriété*, l'adjectif *nu* est devenu synonyme de *franche, libre, quitte*, et, quoique placé devant le nom, a reçu l'accord. Adolphe Joanne partage notre opinion. En effet, dans *nue propriété*, un des deux termes gardant son sens naturel, l'expression est bien une locution substantive.

tête nue. Mettra-t-on alors le trait d'union à toutes les ellisions ?

Il marchait nez-au-vent... Il resta yeux-grands-ouverts.*** Œil-d'Aigle, bouche-souriante, grand-habit-noir, bas-de-soie, il venait chaque jour passer deux heures chez mes parents. Quinet.

Après avoir dit

elle allait jupes courtes et souliers plats.

dirons-nous

elle allait courte-jupes et plat-souliers.

sous prétexte que *courte* et *plat* sont avant *jupes* et *souliers* comme *nue* est avant *tête?*

Non seulement. === La balourdise des deux mots *non* et *seulement* réunis par un trait reste toute à la charge des anciens tipographes. Que leurs camarades d'aujour-dhui veuillent bien ne plus les imiter. C'est en effet une grosse balourdise qu'on ne commet point dans l'écriture.

D'abord le premier terme *non-seulement* devrait ame-ner, par opposition, le second terme *mais-encore* ; ce qui n'a pas lieu, les ouvriers imprimant *non-seulement* et *mais encore.*

Ensuite, si on consulte l'analogie, on voit que

les Grecs	écrivaient	ου μονον... αλλα και,
les Romains	- -	*non solum... sed etiam,*
les troubadour	- -	*non soulamen... maï encaro.*

les Italiens	écrivent	*non solo... ma ancora.*
les Anglais	- -	*not only... but,*
les Allemands	- -	*nicht nur... sondern,*
les Espagnols	- -	*no solo... sino,*
les Portugais	- -	*no somento... ma ainda ;*

ce qui n'est guère fait pour expliquer pourquoi les compositeurs Français écrivent *non-seulement*.

Pourquoi ce trait? Est-ce pour montrer que la négation se rapporte plus spécialement à l'adverbe *seulement* ? Mais alors on devrait écrire

non-entièrement, non-complètement, non-agréablement, etc.

Est-ce pour lier la négation à un mot qui la suit sans intermédiaire? Mais alors on devrait écrire

non-meublés, non-satiné, non-formé ; il aimait non-la-paix mais la guerre;
non-content de l'avoir volée, il l'a encore tuée; j'y suis parvenu non-sans-peine, etc ;

et il faudrait écrire avec deux traits cette phrase de Bossuet

L'offrande qui sera présentée à Dieu non-plus-seulement comme dans le temple, mais depuis le soleil levant.

La règle est celle-ci : quand on veut rendre un terme négatif, on y joint une négation, mais le terme et la négation restent toujours indépendants l'un de l'autre.

Il s'est fait non ermite, mais solitaire. Léo Lespès.

Cyrus étendit sa domination non seulement sur la Syrie, mais encore bien avant dans l'Asie Mineure. Bossuet, Discours.

Non seulement ne prends pas la liberté de donner à ton patron un conseil. H⁺ Lefranc.

Non pas qu'elle nous paraisse la plus convenable, mais uniquement parcequ'elle est adoptée. Régnault, Chimie.

Mille cent trente deux. === Tout le monde sait fort bien que Lhomond, à qui on a élevé une statue, et Chapsal, à qui le public paie quarante mille francs par an, enseignent d'écrire *mille cent trente-deux. et cen trente-troisième.*

Supposons un peuple qui n'ait pas eu l'idée d'inventer la numération parlée chez lui ; chaque nombre aurait eu un mot, comme, avant la numération écrite dite des Arabes, chaque nombre avait une représentation graphique très compliquée.

La numération parlée veut qu'après

un, deux, trois, quatre, cinq, six, sept, huit, neuf, dix,

on dise

dix un, dix deux, dix trois, dix quatre, etc ;
vingt un, vingt deux, vingt trois, vingt quatre, etc ;
trente un, trente deux, trente trois, trente quatre, etc ;
quarante un, quarante deux, etc ;
cinquante un, cinquante deux, etc ;
soixante un, soixante deux, etc ;

septante un, septante deux, septante trois, etc;

octante un, octante deux, octante trois, octante quatre, etc ;

nonante un, nonante deux, etc :

cent un, cent deux, cent trois, cent quarante, cent septante, etc.

Cette numération parlée est une fort ingénieuse chose. Mais le peuple que nous supposons, au lieu de cette commode répétition de dizaines et de centaines, aurait octroyé un autre mot à *dix un*, un autre à *dix deux*, à *dix trois*, à *dix sept*, à *vingt trois*, etc : supposition qui n'a rien d'extraordinaire, car nous, les Français, tout intelligents que nous ne manquons guère de nous déclarer, nous avons commis la faute. Au lieu de reprendre la série des unités et de l'ajouter successivement à chaque dizaine, comme l'indique la numération, nous avons trouvé plus joli de forger de nouveaux mots et de dire :

onze	pour	dix un,
douze	- -	dix deux,
treize	- -	dix trois,
quatorze	- -	dix quatre
quinze	- -	dix cinq,
seize	- -	dix six.

Rien n'empêchait les Français d'aller ainsi jusqu'à plusieurs millions : ce n'eût été qu'une question de mémoire.

Donc, chez notre dit peuple supposé, ou, si on veut, en hipothèse philosophique, *seize* est un seul mot représentant un seul nombre, *dix-sept* aussi, *trente-trois* aussi, *nonante-neuf* aussi, *cent-dix-sept* aussi, *cent-no-nante-quatre* aussi, *mille-cent-dix-sept* aussi, *dix-mille-cent-dix-huit* aussi, *cent-dix-mille-cent-dix-neuf* aussi, etc·, etc.

La preuve irréfutable de cette compacité, c'est que pour former le nombre ordinal on ne dit pas

dixième-septième, mais dix-septième,
centième-dixième-septième, mais cent-dix-septième,
millième-centième-dixième-septième, mais mille-cent-dix-septième.

Une autre preuve de cette compacité, c'est que *vingt* et *cent*, qui varient à la fin d'un nombre, ne varient plus dès qu'ils sont dans le nombre même :

mille deux cents, mille deux cent quatre, quatre vingts, quatre vingt quatre.

Tous ces mots composés sont donc bien des mots individuels, représentant des nombres individuels. Seulement, à cause de leur longueur, on a retranché les traits d'union. Nous devons donc choisir entre

dix-mille-cent-trente-sept   et   dix mille cent trente sept.

L'habitude est venue d'écrire *dix mille cent trente-sept*. Nous défions qu'on nous explique cet unique trait d'union. Les magisters prétendent qu'il remplace la conjonction *et*. Quelle conjonction *et* ? Est-ce que jamais un Français a dit *vingt et six, trente et sept, cinquante et trois*, etc! Des étrangers nous assurent qu'au dehors on leur enseigne de dire *vingt et un* pour l'harmonie. Pardon ! nous ne nions point qu'à la deuxième dizaine les Français ne mettent un son euphonique, mais ce son s'exprime à l'oreille par un *e* faible et non par la conjonction. Ils prononcent *vingte un, vingte deux, vingte trois, vingte quatre, vingte cinq,* etc·, mais jamais, au grand jamais, il ne l'écrivent. Par suite, pas plus de *vingt et un* que de *vingte un*.

Le vingt-et-un, le trente-et-un, le trente-et-quarante appartiennent au vocabulaire des joueurs.

Le génie de certaines langues admet une conjonction, mais en tous cas nulle part n'existe de traits :

en latin	*anno millesimo octingentesimo quinquagesimo nono,*
en italien	*dieci mila cento trenta sette,*
en anglais	*thousand two hundred twenty two,*
en allemand	*tausend acht hundret acht und sechszig,*
en espagnol	*mil ocho cientos sesenta y ocho,*
en portugais	*mil sete centos oitenta e nove,*
en roman	*milo siei cènt setanto doui.*

Prétendra-t-on que la mission du trait est de souder le dernier terme ? Pourquoi écrire alors *mille cent trente, deux mille cent quarante,* etc? Pourquoi *mille cent deuxième, mille cinq cent vingtième,* etc ?

La logique a amené quelques écrivains étrangers, qui

n'osaient pas supprimer partout les traits, à les laisser partout plutôt que d'en garder un seul.

L'amiral mit à terre environ mille cinq-cents hommes. Durante, Histoire de Nice.

Trois-cent-mille hommes arrachés au commerce. Id·

Une armée que les calculs portent à six-cent-mille hommes. Id·

Dernier argument : pas un écrivain ne met ce genre de trait dans les manuscrits.

Le propriétaire du numéro mille neuf cent treize n'a plus que jusqu'à dimanche. Petit Journal, n° 1151.

J'ai assisté à la quatre cent unième représentation d'une féerie. Veuillot.

La nourrice ne doit estre plus jeune que de vingt cinq ans, ne plus vieille que de trente cinq. A· Paré.

Nous supposons bien que personne n'osera argüer de la vieille tournure du temps de Rablais : « mille cent qvarante et vn movton » sans marque de pluriel. C'était par trop bizarre.

Quatre cent trois, quatre vingt trois. === Puisque nous en sommes aux mots de nombre, nous devons faire une observation au sujet de *quatre vingts*. *Quatre vingts* n'est pas un mot composé, mais une périphrase ; elle remplace l'infortuné *octante*, mis au ban du langage par les hommes d'*oïl*. C'est, pour ainsi dire, une locution adjective tenant lieu d'un adjectif unique.

On comptait autrefois par *vingts* ou *vingtaines*, comme par *cents* ou *centaines* :

Une salle était soutenue de six vingts colonnes. Bossuet.
Un détachement de six vingt hommes. Voltaire.
Saint Louis fonda un hôpital pour quinze vingts aveugles.
Unze vingtz coups lui en ordonne. Villon.
L'hôpital des Quinze-vingts.
Un cent d'huîtres, un vingt d'huîtres.
Je lui dis de m'acheter deux ou trois cents de broquettes.
    Racine.
Or quant à l'aage caduque qui dure jusques à quatre vingts
    ans. A· Paré.

La règle est donc la même pour *cent* et pour *vingt*, c'est à dire que les multiples de ces deux adjectifs numéraux prennent le *s* devant les substantifs qualifiés ou non, exprimés ou non, et ne le prennent pas devant un autre adjectif numéral.

quatre cents hommes	quatre vingts hommes,
quatre cents bons soldats	quatre vingts bons soldats,
nous étions quatre cents	nous étions quatre vingts,
deux cent trois oranges	quatre vingt trois oranges.

Quatre vingt dix est une périphrase mise pour *nonante*; *quatre vingt treize*, pour *nonante trois*. Cette orthographe résulte de l'explication précédente.

Quant à *soixante-dix*, disons en passant que ·st un absurde mot composé mis pour *septante*. C'est une défroque des « précieuses ridicules ». Ces mesdames Prud-

homme en vertugadin répugnaient à dire *septante, sep-*
tante un, etc, et disaient cependant *version des septante,*
septénaire, septuagème, etc.

Dans le nord de la France on se donne encore cette
teinte de mauvais goût ; les méridionaux, en vrais fils
des Latins, emploient tous *septante*.

Peutêtre. — Cet adverbe, ayant le sens unique du
latin *fortassè*, est bien à tort orthographié en deux mots:
ainsi coupé, il se confond trop aisement avec les verbes
peut et *être*, et est en effet à chaque instant confondu
dans les imprimeries. Les Anglais disent *maybe* : et
nous mêmes, écrivons *naguère* qui est pour *n'a guère*,
malgré qui est ainsi distingué de *bon gré, mal gré*, etc.

*Fortassè, besai, maybe, beléù, talvez, perhapes, villeicht,
quiza, ισως, forse*, etc ;

c'est un seul mot dans toutes les langues : ce qui en dé-
montre la nécessité philologique.

Tire d'aile. — Le mot *tire* existe isolément ; il signifie l'action de tirer sans discontinuation. On dit parfaitement *tout d'une tire*. L'expression *tire d'aile* est
donc une locution substantive : pas de trait d'union.

Ils virent que leurs nids étaient menacés, et d'accourir à
tire d'aile. PETIT JOURNAL, n° 1159.
A tire d'aile vole, ô rodeur de bruyère. Leconte de Lisle.

Au rez de chaussée. === Nous n'avons pas encore vu un journal comprendre la différence qu'il y a entre *un rez-de-chaussée à louer* et un *appartement au rez de chaussée*. Nous voyons ici et là le fameux trait d'union.

Un *rez-de-chaussée* est un nom composé sinonime de boutique. On n'a jamais entendu un marchand dire : « j'ai loué un *rez-de-sol* ». Le nom composé *rez-de-sol* n'existe pas. Au contraire, on peut parfaitement dire : « j'habite un appartement au rez du sol, au rez de la rue, au rez de chaussée, etc ». Là *au rez de* est une locution prépositive semblable à celles-ci : *au niveau de, au près de,* etc.

Les lettres ci jointes. === Quand *ci-joint, ci-inclus* précèdent le nom, ce sont des adverbes composés invariables comme *ci-dessus, ici-dedans, ici-bas,* etc ; mais, quand ils suivent le nom, ils s'accordent, et par suite, devenant susceptibles d'analise grammaticale, se dédoublent. *Ci* redevient l'adverbe abréviatif de *ici*, et *jointe* redevient le passé du participe du verbe direct *joindre*.

Vous trouverez ci-joint quatre lettres.
Ci-joint vous trouverez quatre lettres.
Les quatre lettres que vous trouverez ici jointes, ci-jointes, ici renfermées, ci renfermées, ici incluses, ci incluses.

Y comprise. === La préposition composée *y-compris* implique la même observation. Avant le nom, elle est invariable :

Il furent tous tués, y-compris la femme :

après le nom, elle se dédouble et s'analise :

Ils furent tous pendus, la femme y comprise.

Au dessous, au dessus de, == Dans les locutions adverbiales, prépositives et conjonctives, l'abus du trait
d'union se manifeste de plus belle. Cela tient à ce que
grammairiens ni lexicographes ne se sont donné la peine
de définir le ¹ ·ations de cette espèce.

Il faut partir de la donnée irréfragable que le dictionnaire d'une langue doit en renfermer tous les mots
simples et tous les mots composés. Un mot qui n'a pas
d'existence isolée et par suite n'est point mentionné dans
le dictionnaire, ne peut en conséquence s'imprimer iso-
léement.

Une locution adverbiale est le rapprochement de plusieurs mots ayant existence isolée pour tenir lieu d'un
adverbe unique

sur le champ	pour	immédiatement,
tout à fait	- -	entièrement.

Ainsi de la locution prépositive, ainsi de la locution
conjonctive, etc. C'est la décomposition grammaticale
qui donne la clef de l'ortographe.

Guillemets :

La règle de l'emploi des guillemets est celle-ci : quand

le guillemet ouvert commence la phrase, le guillemet fermé la termine, c'est à dire se place après le point ; quand le guillemet ouvert ne commence pas la phrase, le guillemet fermé ne la termine pas, c'est à dire se place avant le point. Cette prescrition naturellement n'est guère observée par les imprimeurs. Aussi trouve-t-on dans les livres des milliers d'exemples comme ceux qui suivent :

L'Autriche y assista comme « co partageante. » Guy De la Motte.

Il n'osa prendre sur lui ce risque, il ne voulut pas « charger sa vie. » Sainte-Beuve.

Le néant de la vie lui donnait « des accès de désespoir. » Weiss.

Il suffit de jeter un coup d'œil sur ces lignes pour voir que le guillemet fermé est mal placé.

Les guillemets agissent sur un mot comme les baguettes dorées sur un tableau. Pourrait-on glisser un corps étranger entre la peinture et une des baguettes ? si, à fin d'attirer l'attention du lecteur, on employait le caractère italique au lieu des guillemets, pourrait-on le faire de la manière suivante ?

Le néant de la vie lui donnait *des accès de désespoi.r*

Cela reviendrait à écrire dans un cas de parenthèses :

J'ai lu les Fiancés de Manzoni (GLI PROMESSI SPOSI).

la véritable orthographe est donc

Le néant de la vie lui donnait « des accès de désespoir ».

Signes de la Ponctuation

L'usage s'est montré assez logique et uniforme dans la manière de se servir des signes de la ponctuation. Nous ne faisons une déclaration contraire qu'à propos du tiret.

Le tiret :

Ce signe a été heureusement imaginé pour indiquer le dialogue. C'est sa seule utilité. Depuis quelque temps, bien des écrivains ont l'inqualifiable manie de remplacer la virgule et le point-virgule par le tiret. Cet abus produit un *imbroglio* peu flateur :

« Sa femme apparut — furieuse — les cheveux au vent, et lui dit : — misérable ! — Mais, madame... — répondit Albert — avec flegme. — Je vous dis que vous êtes un misérable. — Albert se tut. »

Quelle déjection de petit journalisme ! on dirait une maladie de porc-épic.

Cela fait sur une jolie page d'impression le même effet que les rousseurs sur un beau visage de femme.

La vraie prose n'a pas besoin de ces broussailles pour

être claire. Fénélon ne s'en servit jamais. Voltaire n'en mettait pas. Edmond About s'en passe parfaitement.

Les deux traits :

Comme nos lecteurs peuvent le voir dans les quelques tableaux que présente notre ouvrage, les deux traits peuvent être employés avec avantage pour tenir lieu des mots *idem* ou *dito*. Rien n'est plus irrégulier que d'user à cet effet des guillemets ou des tirets.

Le point abréviatif :

Au commencement ou à la fin d'une phrase, les mots susceptibles d'abréviation doivent s'écrire en toutes lettres ; sinon le point abréviatif se confond avec le point final et offre un vilain aspect ; exemple :

Ces informations lui expliquaient les nouveaux sentiments qu'il avait cru découvrir chez M. De Metternich. M. De Narbonne, en effet, avait trouvé le ministre Autrichien sensiblement refroidi. Thiers.

Cette confusion du point final avec le point abréviatif nous a toujours semblé regrettable ; nous avons long-temps cherché un expédient tipographique ; l'idée de marquer en haut le point abréviatif nous a traversé l'esprit et nous nous y sommes arrêtés. Si en effet on examine les abréviations reçues, m^r, ph^n et les abréviations proposées, m˙, ph˙ on voit qu'elles se composent les unes et les autres de la première lettre du mot surmontée

d'un petit signe. Il n'y a donc rien de plus extraordinaire dans les secondes que dans les premières. Qu'en
pensent MM· les bibliophiles ? Ne comprennent-ils pas le
service que le point en haut peut rendre dans l'impression des dictionnaires ? L'initiale d'un mot avec son
point en l'air, pour toutes les répétitions de ce mot dans
l'article qui y est consacré, sera bien plus agréable à
l'esprit et à l'œil qu'un signe quelconque dont la multiplicité dérange la simétrie de la phrase ?

En terminant par le même point les mots entiers et
les mots tronqués, on ne laisse à l'étranger aucun moyen
de les distinguer. Quoi de plus illogique que l'exemple
ci-dessous ?

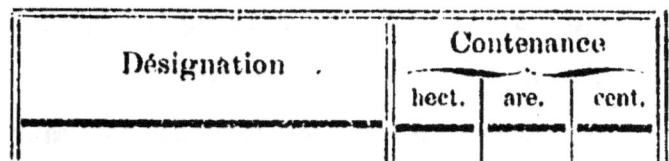

Désignation	Contenance		
	hect.	are.	cent.

L'étranger est ainsi autorisé à croire que les Français
mesurent les terres par *hect*, par *are*, et par *cent*.

Autre exemple tiré des dictionnaires :

(Karr.) (Sand.) (Volt.) (Buff.)

Si *Volt* représente Voltaire, *Karr* doit représenter
Karraire ; et si *Buff* représente Buffon, *Sand* doit représenter Sandon.

En somme, proclamons que les abréviations restent
le propre des ouvrages spéciaux.

Le génie de notre langue en a horreur ; la clarté intrinsèque du français les condamne. Si les moines des siècles passés les employaient beaucoup, c'est qu'ils cherchaient à économiser le parchemin ; si les pauvres copistes les emploiaient également, c'est qu'ils cherchaient à économiser le temps.

Qu'on se rappelle qu'en juillet 1304 Philippe le Bel remédia à l'abus des abréviations par une ordonnance qui les interdisait aux tabellions et aux magistrats. Rien dans les imprimés ordinaires ne justifie ces rébus tipographiques dont la langue Espagnole peut être friande, mais qui jurent sur les épaules nues de notre Muse, comme les colliers au cou de Cornélie.

Il existe cependant un signe abréviatif qui était très commode, c'est le &.

Malheureusement on l'abandonne de plus en plus, parceque les fondeurs le coulent un peu trop massif, et qu'il ressort trop noir dans les lignes. On le remplace par etc., qui est une irrégularité. En effet, *et cœtera* étant deux mots étrangers, devraient s'écrire *et c...* ou mieux *et c'* avec le point abréviatif.

L'article

Inutile d'entrer dans des détails connus de grammaire. Nous ne ferons que trois observations critiques.

9

1° === L'article doit absolument se répéter devant chaque nom qui est déterminé :

les officiers et les soldats de l'armée ; le père et la mère de cet enfant ; le lundi, le mardi et le mercredi de chaque semaine, le 6, le 10 et le 15 de mai ;

(Dire *les père et mère, les lundi et mardi de chaque semaine,* c'est être aussi niais que celui qui dirait : *les soleil et lune éclairent la terre, chaque soldat a pris ses sac et fusil,* etc.)

à fortiori, lorsqu'un des noms est sousentendu :

j'ai loué le grand et le petit appartement, j'ai rencontré l'ancien et le nouveau commissaire, les autorités civiles et les militaires. (Dans ce dernier exemple qui prête à l'amphibogie, mieux vaut même répéter le nom : *les autorités civiles et les autorités militaires.*)

2° === En français, les noms propres d'homme n'admettent point l'article. Dans *le Puget* et *le Poussin* il ne faut voir que deux exceptions toutes Italiennes. Quand l'article persiste, il fait partie intégrante d'une locution nominale et reçoit la majuscule : *Le Sueur, Le Fèvre,* à *Le Sueur,* à *Le Fèvre,* etc.

3° === Joint à la particule nobiliaire, l'article n'a aucune action sur celle-ci qui garde nécessairement une majuscule : *baron Des Adrets, Joseph De la Vaquerie, vicomte Du Bellet, comte De Villeneuve.* Cela se conçoit. Autrefois *comte de Villeneuve* était un génitif comme maire *de Villeneuve*; aujourdhui *duc De Malakoff* n'a plus le même sens. Les noms *De Béranger, De Balzac, De Rostchild* n'éveillent aucune idée d'un pays appelé *Béranger* ni *Rostchild*; ce sont des noms propres composés comme ceux dans les quels entrent des articles ou des monosillabes étrangers : *Le Sueur, Van Huysun, O Connel*, etc.

Du reste, par ce moyen de la majuscule, on n'est pas exposé à confondre *Théodore De Banville* avec *Eugène de Mirecourt*; on distingue les *de* dans les Mémoires *de De Thou, Jeanne D'Arc d'Orléans*; on fait une différence entre *la veuve de Paw* et *la veuve De Paw*; et on suit l'exemple logique des tipographes étrangers qui écrivent *O Connor, Van Lyder*, etc.

Le Nom

Nous allons seulement mentionner les irrégularités aux quelles a donné naissance une fausse entente des règles primordiales.

Genre des noms :

Certains grammairiens définissent le genre « la propriété qu'ont les noms de représenter la distinction des sexes ».

Cela serait vrai, si tous les noms masculins avaient une terminaison masculine, et tous les noms féminins une terminaison féminine ; mais un nom ne représente que l'espèce d'animal, et sans dictionnaire on ne pourrait jamais connaître le genre des mots *singe, dogue, souris, brebis,* etc.

De là deux genres pour les noms d'êtres, le masculin et le féminin : *le mouton, la brebis, la fourmi, le jars.*

La logique demanderait qu'on eût créé un genre neutre pour les choses matérielles et les choses métaphisiques, les quelles n'ont pas de sexes ; mais on a arbitrairement donné aux noms de ces choses soit le genre masculin, soit le genre féminin. On n'a pas même daigné se plier aux exigences de la terminaison, et on dit *le lycée, le courage, la forêt, la dent.* Nous voila bien les dignes fils de ces Romains qui, contrariés d'avoir le genre neutre à leur service, s'étaient empressés de proclamer *pinus alba.* L'homme n'est pas parfait, les langues encore moins. On peut dire *mare* au neutre, en parlant latin ; *il mare* au masculin, en parlant italien ; *la mare* au féminin, en parlant provençal ; on n'a que l'embarras du choix.

Donc en français les noms de choses sont aussi ou masculins ou féminins : *la foi, la table, le doute, le cercle.*

Il n'y a pas de guide. Seulement, en dépit des nombreuses exceptions, et surtout par rapport aux noms nouveaux, nous dirons que le génie de la langue Française exige le masculin pour les noms de choses a terminaison masculine, et le féminin pour ceux qui ont la terminaison féminine. Nous tirons pour cela un argument de l'énorme quantité de noms qui changent de genre,dès que leur terminaison change :

le poivrier, la poivrière

le bureau, la bure

le salin, la saline

le billot, la bille

le ilot, la ilote

le rémara, la rémore

le poudrier, la poudrière

le tis, la tisse

le gaffeau, la gaffe

un enclumeau, une enclu-
    mette

un éparcet, une éparcette

le euphorbier, la euphorbe

le discord, la discorde

le gruau, la grue

le cobéa, la cobée

le diminutif, la diminutive

un brigantin, la brigantine

le capot, la cape

le guenillon, la guenille

le roch, la roche

le banneton, la bannette

le lé, la laize,

le tut, la tute

le minot, la mine

le mis, la mise

le plica, la plique

le penser, la pensée

le pommeau, la pommette

un réal, une réale

le tan, la tane

le pressoir, la presse

le recuit, la recuite

le remous, la rémole

le rocher, la roche

le roson, la rose

le sayon, la saye

le ténaillon, la ténaille

le têt, la tête

le taillant, la taille

le toquet, la toque

le tombeau, la tombe

le grillot, la grillette

le gerbo, la gerboise

un éclaveau, une éclavelle

le escabeau, ia escabelle

le étoupillon, la étoupille

le croiseur, la croisière

le ceinturon, la ceinture

un aubépin, une aubépine

le bassin, la bassine,

le ravin, la ravine

le cabanon, la cabane
le taillon, la taille
le huilier, la huilière
le tricot, la trique
le massorah, la massore
le minet, la minette
le mouchard, la mouche
le pâton, la pâtée
le pépita, la pépite
le percé, la percée
le queux, la queue
le quintetto, la quintette
le racloir, la racle
le sac, la sache
le miller, la millère
le rondeau, la ronde
le sapin, la sapine
le sentier, la sente
le spiréa, la spirée
le tétin, la tétine
le tourteau, la tourte
le tillon, la tille
le logis, la loge
le tissu, la tissure
le verrier, la verrière
le troupeau, la troupe
le vrillon, la vrille
du ammoniac, de l'ammo-
    niaque
le badian, la badiane
le chiffon, la chiffe

le calot, la calote
le cornet, la corne
le morveau, la morve
le bysson, la bysse
le cordeau, la corde
le tril, la trille
un ensoupleau, une ensouple
un terrain, une terre
le conduit, la conduite
le barcel, la barce
le saucier, la saucière
le troubleau, la trouble
le vicariat, la vicairie
le vidamé, la vidamie
le floc, la floche
le mandarin, la mandarine
le bol, la bole
le caveau, la cave
le barreau, la barrette,
un onglet, une onglette
le beran, la berane
le piperin, la piperine
un opiat, une opiate
le sédéritis, la sédérite
le cerveau, la cervelle
le peloton, la pelote
le sol, la sole,
le poudet, la poudlette
le silicium, la silice
le glaçon, la glace
le jupon, la jupe

le bourdalou, la bourdaloue   le diabétés, la diabète
un appendix, une appendice   le gazetin, la gazette
le léachia, la léachie   le limas, la limace
le cocon, la coque   le tonneau, la tonne
le lissoir, la lissoire   le meulard, la meule
le bourriquet, la bourrique   cartaux neufs, cartes neuves
le banneau, la banne   le pelisson, la pelisse
le massé, la masse   le bubon, la bube
le flûteau, la flûte   le cauchemar, la cauchemare
le bandereau, la banderolle   le croiseur, la croisière
le glissoir, la glissoire   le doronic, la doronice
le Connex, la Connexe   le diastolé, la diastole
le cuiller, la cuillère   le sistolé, la sistole
le foirail, la foire   le trépan, la trépane
le aster, la astère   . . . .

La même influence de terminaison a lieu en provençal :

lou brous, la brousso   lou graïssié, la graïsso
lou garbiér, la garbiéro   lou poum, la poumo
lou cavagnoù, la cavagno   lou sublet, la subleto
lou fighiér, la fighiéro   lou masclet, la mascleto
lou simèc, la simo   lou flascou, la flasco
lou pruniér, la pruniéro   . . . .

En conséquence, on peut formuler cette règle : toutes les fois que des Français doutent du genre d'un mot nouveau, ils n'ont qu'à y donner le genre que comporte la terminaison.

D'où il résulte qu'on doit dire *la pétrole*, *une chèque*, etc.

A fortiori, ceux qui ont la passion réelle des belles lettres supprimeront les genres doubles (*) et diront *la sainte évangile* avec Boileau, *la chanvre* avec Lafontaine, *une orgue neuve*, *une dinde grasse*, *de nouveaux amours*, etc.

Ce genre double pour le même mot du même nombre est surtout inexplicable dans le domaine métaphisique. Est-il beaucoup d'écrivains qui consentiraient à trouver une différence entre « le période écoulé pendant le premier refroidissement de la terre » et « la période écoulée depuis le déluge jusqu'à notre ère » ? Les grammairiens seuls sont capables d'une pareille subtilité.

Il arrive assez souvent, mais hélas, pas assez souvent, que les auteurs se plient à cette belle règle des terminaisons.

Vous devrez, armé d'un cuiller gluant, le plonger dans une sale gamelle. H· Lefranc, GRAINS DE PHILOSOPHIE.

Le fêtant dans leurs belvéders. Dorat.

Qu'on avait logés dans une étage plus basse. CASSANDRE, 1651.

(*) Sauf pour les mots auxquels le genre masculin fait attacher un sens différent du sens qu'ils ont avec le genre féminin :

aigle, couple, crêpe, carpe, cartouche, enseigne, greffe, lièvre, manche, foudre, mémoire, môle, mousse, moule, page, paillasse, pendule, phisique, œuvre, poêle, poste, poulpe, pourpre, pupille, solde, vague, vase, voile, etc.

Est-il possible que les grammairiens patentés enjoignent d'écrire des bizarreries comme les suivantes ? De toutes les *orgues* de France, le plus beau est celui de Strasbourg. De toutes les délices humaines, le plus vif est celui de l'amour.

Au singulier c'est un coq, mais au pluriel ce sont des poules.

Suspend son chal en guise de rideau. Béranger.

A tel autre son chal de futaine. Issaurat.

Le chèvrefeuil et le jasmin marient leurs tiges embaumées. Dorat.

Et quoi ! ma bénigne apologue. Issaurat.

Pour couronner ses purs amours. Ed· Plouvier.

De Montègre est tellement soumis que nous n'avons jamais connu aucun de ses amours. Dumas fils.

Tombent les vains objets de nos amours pieux. Ed· Arnould.

Ce mouvement de rectification est heureux. On commence à dire de préférence *un partener, un belvéder,*etc; rien n'empêche de dire aussi *le zodiac, le abac, le laïc, le tropic, le calif, le vermicel, le reptil, le calorifer, un exemplair,le cachemir, le camé, le caducé, le ginécé,*etc·;

la *porc,* une *alvéole,* une *arostiche,* une *amulette,* une *épisode,* une *inventaire,* une *incendie,* la *ivoire,* une *strige,* une *équivoque,* etc.

Pluriel des noms simples :

Nous avons deja démontré (page 74) que pour faire le pluriel des noms en *ant* et *ent* on y ajoute un *s,* d'après la règle générale du français.

Les grammairiens ont l'habitude de vouloir former le pluriel de quelques noms en *ou,* en y ajoutant un *x,* mais chacun d'eux varie sur la liste de ses mots qui font exception. On ne peut prouver plus plaisamment que la dite exception n'existe point. Des *bijous,* des *joujous,* des *pous,* des *verrous,* etc·, voilà la règle.

Les mots étrangers introduits depuis longtemps dans notre langue sont obligés d'en subir les lois. Nous devons écrire

des accessits, des dilettantes, des albums, des critériums, des agendas, des concettis, des alibis, des folios, des altos, des impromptus, des bifteks, des avisos des macaronis, des bravos, des opéras, des débets, des trios, des erratums, des solos, des maximums, etc·, etc·, etc.

Méfiez-vous des ignorants qui écrivent *des errata, des maxima,* car ils seraient capables de vous flanquer au nez *des alta, des avisi, des alli,* etc.

Voici les oiseaux, ces artistes, ces dilettantes de la branche. Léo Lespès.

Tout en flattant le goût d'un petit nombre de dilettantes. About.

Régularisations :

Leg, discour. === Comme nous l'avons déja dit, à la page 75, le *s* des mots singuliers *leg, mor,* discour et ses similaires est une superfœtation.

Les corails. === Pour les mots de cette consonnance c'est faire œuvre pie que de ramener leurs pluriels irréguliers en *aux* à la règle générale du *s*.

La pêche des langoustes, murènes, corails, pourrait être aussi une source importante de profits. Petit journal. 26 mai 1865.

Les corails sont plantes lapidifitées. A· Paré.

Œuil. === En français le son *eu* s'écrit de deux manières différentes, ou avec un *e* doux, ou avec un *œ* dur (*) suivis d'un *u* :

peu, deux, leur, deuil, seuil, etc; *sœur, bœuf, mœurs, cœur, œuf, œuvre,* etc.

Parconséquent il faut écrire

œuil, œuil-de-bœuf, œuillade, œuillère, œuillet, œuilleton, œuilletterie, œuillé.

Ieux. === En voila un substantif dont le *i* ne sera pas traité de *i* Grec! En grec *œuil* se dit *ophthalmos*. Pas le moindre iota ni le moindre upsilon. Comme on le voit, Le *y* simple de *yeux* est donc lui aussi un gros abus du XVIᵉ siècle. Hâtons-nous de le jeter aux gémonies. Nous ne connaissons qu'une sorte d'individus qui puissent se plaindre d'une semblable régularisation : ce sont les retardataires qui écrivent encore *Loys, celuy, lys, Henry, roy, loy, asyle,* etc.

Orgueuil. === Quand le son doux *eu* se trouve précédé d'un *g* dur, pour empêcher celui-ci de devenir doux comme dans *nageur, gageure, gageur, jaugeur, chargeur,*

(*) Le *œ* dur a été imaginé au XVIᵉ siècle pour rappeler le *o* des Romains : *cor, soror, bos, ovum, mos* et aussi *oculus.* Avant on écrivait comme dans cette citation de Jean De Meung « seur Heloys, seur abesse ».

Œuil n'est pas plus éloigné de *oculus* que *œuvre* de *opus.* Pourquoi avoir enlevé l'*u* à l'un plutôt qu'à l'autre ?

on interpose un *u* quiescent : *gueux, gueule, fongueux, ruyueux, long(u)e*. On en fait de même, quand le son doux *eu* se trouve précédé d'un *c* dur : *cercueil,* (*) *cueillir, accueil,* etc.

Quel est donc le gâte-langue qui, le premier, tout en laissant subsister le *u* quiescent accolé au *c*, a supprimé, entre le *e* et le *i*, le *u* constitutif du son *eu* ? L'étranger doit donc prononcer *cerkeil, keillir, akeil,* comme *orteil, pareil,* et non *cercueuil, accueuil* qui riment avec *deuil, seuil ?*

Il nous semble que c'est une bonne action, dont la logique et les étudiants sauront gré, de ramener cette exception inexplicable dans la règle générale du son *eu*.

Certainement ce voisinage de deux *u* ne se présenterait pas, si on pouvait durcir tous les *g* au moyen d'un *h* comme dans *narghilé*, l'oiseau *nilghan, Laghet, Enghien, Borghèse ;* mais après tout il n'a rien de plus étrange que celui qui se rencontre dans *queue, gueule, gueux,* etc.

Des ails. === Quelques personnes emploient *aulx* comme pluriel de ail. L'Académie enseigne de dire des ails.

(*) C'est tellement ainsi que dans toutes les éditions antérieures au XVe siècle, c'est à dire, quand *œ* et *œ* s'écrivaient simplement *c*, le mot *cœur* est orthographié d'après la règle du *u* quiescent :
« Vous vous diziez : ce cueur sensible.» Clotilde De Surville, citée par Sainte-Beuve. « Dont eurent leurs cueurs finalement enfiellés. » Croniqueur d'Abailard, cité par Guizot.

Qu'on s'empresse de lui obéir. Il lui arrive si peu souvent d'être la défenseuse de la logique.

Noms composés et locutions substantives :

Sauf Condillac, qui a fait une grammaire philosophique, aucun grammairien n'a jamais été auteur. En parlant de la langue, les grammairiens ont donc parlé d'une
chose qui n'était point de leur compétence. Ils ont fait
comme un villageois qui parlerait du mélange des couleurs devant Isabey, ou qui voudrait causer botanique
avec De Jussieu.

Tous les gens d'instruction peuvent apprécier une
belle ode, un beau tableau, une belle fleur ; en relever
le mérite, ou en dénoncer les défauts ; en présumer la valeur artistique ou la valeur commerciale ; mais pour
s'occuper de langue, de peinture ou de botanique, il
faut être écrivain, peintre ou naturaliste.

D'un autre côté, ceux que le ciel a faits auteurs, se sont
servis instinctivement de l'outil qu'on leur a donné au
collège : ils ne se sont amusés à considérer ni les brè-
ches de la lame ni les rugosités du manche ; et cela se
comprend : il n'y a que les mauvais ouvriers qui se plaignent des mauvais outils. Mais avec un bon outil que ne
fait pas un bon ouvrier !

Pour notre part, nous l'avons examiné avec persis-
tence, et nous y avons découvert un certain nombre de

défectuosités superficielles que nous tâchons de faire disparaître.

Outil ou science, la langue est perfectible. La langue d'Edmond About ne ressemble pas plus à la langue de Jean De Meung, que la charrue de Dombasle ne ressemble à la charrue de Cincinnatus ; est-ce une raison pour qu'About et Dombasle veuillent empêcher l'amélioration soit de la langue soit de la charrue actuelles ? Nous ne le pensons point.

L'immobilité de la terre, l'horreur du vide, les cinq éléments, la poudre de projection, la quadrature du cercle, le galvanisme animal, tous ces principes faux ont disparu. Il y a également des principes faux dans la science grammaticale ; leur heure ne doit-elle pas sonner ? Toutes sciences ne sont-elles pas sœurs ?

Le nom composé est un nom formé de mots simples . qui ont perdu chacun son sens particulier.

Chapeau-chinois.	Ce n'est ni un chapeau, ni un Chinois, mais un instrument de musique.
Colin-tampon.	Ce n'est ni Colin ni un tampon, c'est un air de tambour.
Loup-garou.	Ce n'est ni un loup ni un garou.
Trou-madame.	Il ne s'agit ni de dame ni de trou, mais d'un jeu.
Porc-épic.	Ce n'est ni un porc ni un épic.
Trique-madame.	C'est une joubarbe, et non une trique de dame.
Dame-jeanne.	Ce n'est ni une dame, ni Jeanne, ni madame Jeanne.

Chat-huant.	Ce n'est pas un chat qui hue, c'est un oiseau.
Fesse-mathieu.	Il ne s'agit dans ce mot ni de fesse ni de Mathieu.
Reine-claude.	C'est une prune.
Sainte-barbe.	Il ne s'agit là ni de sainte ni de barbe.
Colin-maillard.	C'est un jeu indépendant de Colin et de Maillard.
Hôtel-dieu.	Ce n'est ni un hôtel, ni un dieu, ni un palais de Dieu.
Martin-pêcheur.	Ce n'est ni un pêcheur ni Martin.
Martin-sec.	Ici pas plus de Martin séché que de Martin humecté.
Epine-vinette.	Ce n'est ni épine ni vinette.
Pie-mère.	Il ne s'agit dans cette expression ni de maman ni d'agace.
Messire-jean.	C'est une poire.
Fourmi-lion.	Cet animal n'a rien ni de la fourmi ni du lion.
Bain-marie.	Ce terme ne signifie point que Marie est au bain.
Belle-dame.	C'est une plante.
Blanc-bec.	Un blanc-bec peut être un garçon très mulâtre.
Etat-major.	Ce n'est pas un état ni une profession ni un pays plus grand, comme dans sergent major, tambour major ; c'est un corps de militaires.
Bas-bleu.	Le bas-bleu n'a rien de commun avec le bas ni avec sa couleur.
Reine-marguerite.	C'est une fleur.
Cordon-bleu.	Cuisinière de mérite, sans le moindre petit cordon bleu.
Aigue-marine.	Ce n'est ni une aigue, ni une algue, ni terrestre, ni marine ; c'est une pierre.
Cerf-volant.	Joujou de papier et non quadrupède miraculeux.

Main-courante.	Ici il ne s'agit pas de mains qui courent, mais d'un cahier.
Mont-joie.	Expression ironique qui ne signifie ni montagne ni gaieté, mais tas de pierres.

. . . .

Barbe-de-capucin.	Il ne s'agit là ni de barbe ni de capucin.
Gueule-de-loup.	Il ne s'agit là non plus ni de loup ni de gueule.
Main-de-dieu.	Cela n'a rapport ni à Dieu ni à sa main.
Œuil-de-bœuf.	Ce n'est ni un œuil, ni un bœuf, ni un œuil de bœuf.
Bec-de-lièvre.	Cela ne désigne évidemment ni un bec ni un lièvre.
Cul-de-sac.	C'est un impasse.
Œuil-de-perdrix.	Ce n'est pas l'organe visuel d'un oiseau.
Mont-de-piété.	L'expression n'a rapport ni à montagne ni à piété.
Saut-de-loup.	C'est un fossé, voire dans un pays sans loups.
Pot-de-vin.	Ce peut être un cadeau de toute autre matière.
Pot-au-feu.	Ces mots représentent un fragment de bœuf.
Grain-d'orge.	Terme qui ne représente qu'une moulure.

. . . .

Par contre, lorsqu'une expression est formée de mots simples dont un seul garde ou qui tous gardent leur sens particulier, elle constitue non un nom composé, mais ce que nous appellons une locution substantive.

Cette définition est calquée sur celle des locutions en général ; et elle fait si bien sentir la parenté que toutes ont entre elles, qu'il suffit de les comparer comme ci-dessous pour en déduire à la fois leur similitude de nature et leur similitude d'orthographe.

De même qu'une locution adverbiale est une réunion de mots gardant leur sens et tenant lieu d'un adverbe unique :

sur le champ	pour	immédiatement,
sans doute	- -	certainement,
à jamais	- -	éternellement ;

de même qu'une locution prépositive est une réunion de mots gardant leur sens et tenant lieu d'une préposition unique :

en sus de	pour	outre,
à l'encontre de	- -	contre,
en dépit de	- -	malgré ;

de même qu'une locution conjonctive est une réunion de mots gardant leur sens et tenant lieu d'une conjonction unique :

ainsi que	pour	comme,
à mesure que	- -	pendant,
en somme	- -	bref ;

de même qu'une locution pronominale est une réunion de mots gardant leur sens et tenant lieu d'un pronom unique :

quelque un	pour	quidam,
le prochain	- -	autrui ;

de même qu'une locution adjective est une réunion de mots gardant leur sens et tenant lieu d'un adjectif unique :

couleur du sang	pour	rouge,
couleur du citron	- -	jaune ;

10

de même qu'une locution verbiale est une réunion de
mots gardant leur sens et tenant lieu d'un verbe unique:

dire tu	pour	tutoyer,
avoir peur	– –	craindre,
dire vous	– –	vouvoyer ;

de même une locution substantive est une réunion de
mots gardant leur sens et tenant lieu d'un substantif
unique :

mal du pays	pour	nostalgie,
oiseau mouche	– –	colibri,
serpent à sonnettes	– –	crotale,
or de Manheim	– –	similor,
serpent contristor	– –	boa,
pomme d'Adam	– –	pharinx,
faiseur d'arcs	– –	arctier,
ver à soie	– –	magnan (populaire),
mal de la terre	– –	épilepsie,
maison de campagne	– –	bastide (Provence),
toile d'araignée	– –	arantèle (Béry),
huile de pierre	– –	pétrole,
orange amère	– –	bigarade,
rhume de cerveau	– –	coriza,
bon papa	– –	aïeul,
hotel de ville	– –	mairie,
bonne maman	– –	aïeule,
ver solitaire	– –	ténia,
argent Allemand	– –	maillechort,
mouche à miel	– –	abeille,
pain des anges	– –	eucharistie,

safran des Indes	pour	curcuma,
roussin d'Arcadie	- -	âne,
papier monnaie	- -	assignat,
mère d'alliance	- -	marâtre,
safran des prés	- -	colchique,
père d'alliance	- -	parâtre,
aide de cuisine	- -	marmiton,
blanc de baleine	- -	spermacéti,
mestre de camp	- -	colonel (arcaïsme),
pomme de terre	- -	parmentière,
belle fille	- -	bru,
beau fils	- -	gendre,
taupe-grillon	- -	courtilière,
agent-voyer	- -	voyer,
cafetière en terre	- -	toupin (Provence),
pomme de pin	- -	pigne (Provence),
pierre d'alun	- -	alunite,
blanc de plomb	- -	céruse,
loup cervier	- -	linx,
lunette d'approche	- -	longuevue,
maître d'hôtel	- -	hôtelier,
gomme Arabique	- -	arabine,
homme des bois	- -	orang,
maître d'école	- -	instituteur,
mal caduc	- -	épilepsie,
maison d'arrêt	- -	prison,
fille de chambre	- -	chambrière,
élève de médecine	- -	carabin,
blé de Turquie	- -	maïs,
garçon boulanger	- -	mitron,
corne d'Ammon	- -	ammonite,

essence d'orange	pour	néroli,
pierre à aigüiser	- -	queux,
sucre de gélatine	- -	glicocolle,
bouée de sauvetage	- -	salvanos,
machine à coudre	- -	couseuse,
étui à aigüilles	- -	aigüillier,
horloge de sable	- -	sablier,
île de maisons	- -	moulon (Languedoc),
Notre Saint Père	- -	le pape,
blé noir	- -	sarrazin,
moulin à huile	- -	ressence (Provence),
bateau à vapeur	- -	vapeur,
horloge d'eau	- -	clepsidre,
Pays Bas	- -	Hollande,
pomme d'amour	- -	tomate,
colle de poisson	- -	ichtiocolle,
jeu de mots	- -	calembour,
Céleste empire	- -	Chine,
sage femme	- -	accoucheuse,
arc de Noé	- -	iris,
gentil homme	- -	noble,
voûte étoilée	- -	firmament,
côte de mailles	- -	haubert (archaïsme),
mal de dent	- -	odontalgie,
fiente de vache	- -	bouse,
mal de tête	- -	migraine,
safran bâtard	- -	carthame,
vis d'Archimède	- -	limace,
huile de cèdre	- -	cédréléon,
voies de faits	- -	coups,
voile de beaupré	- -	foc,

Grand Turc	pour	sultan,
chêne vert	- -	yeuse,
coup de dent	- -	dentée,
nom de guerre	- -	sobriquet,
Grande Bretagne	- -	Angleterre,
jour des Rois	- -	Epiphanie,
fiente de pigeon	- -	colombine ou poulnée,
fiente d'albatros	- -	gùano,
valet d'écurie	- -	palefrenier,
règlement d'heures	- -	horaire (Provence),
esprit de vin	- -	alcool,
poivre des abeilles	- -	acoron,
homme de lettres	- -	littérateur,
gardien de prison	- -	geôlier,
arbre à suif	- -	croton,
graisse de porc	- -	axonge,
arbre à fraises	- -	arbousier,
taie d'oreiller	- -	coussinière (Provence),
essence de térébenthine	- -	térébenthine,
séné bâtard	- -	émérus,
ruban de lin	- -	chevelière (Provence)
sucre de lait	- -	lactine,
ouvrier en soie	- -	canut (Lyonnais),
sucre de raisin	- -	glucose,
veau marin	- -	phoque,
arbre de Castor	- -	magnolia,
alcali végétal	- -	alcaloïde,
saint Esprit	- -	paraclet,
melon d'eau	- -	pastèque,
pie grièche	- -	montagasse,
hirondelle de mer	- -	goiland,

pommade à l'ail	pour	ailloli,
grand père	- -	aïeul,
acide phénique	- -	phénol,
grand' mère	- -	aïeule,
clou de giroflier	- -	girofle
charbon de pierre	- -	houille,
marchande d'huîtres	- -	écaillère,
coup de sang	- -	apoplexie,
raisin des bois	- -	mirtille,
argent vif	- -	mercure,
esprit de tartre	- -	adiaphore,
grosse lèvre	- -	lippe,
Terre Promise	- -	Palestine,
bras de mer	- -	détroit,
trompe de Fallop	- -	fallope,
bois de lit	- -	châlit (archaïsme),
coq d'Inde	- -	dindon,
poule d'inde	- -	dinde,
amande de pin	- -	pignol (Provence),
pointe à côté	- -	pleurésie,
opération Césarienne	- -	histérotomotocie,
drap funéraire	- -	linceul.

Évidemment les locutions, quelles qu'elles soient, ne tiennent pas toujours lieu d'un mot unique, les locutions substantives surtout ; en général, on ne passe par les détours des locutions que lorsque manque le terme spécial. Mais cela ne change rien à la définition.

Cela ne change rien, car, philosophiquement, pour les besoins du mécanisme de l'esprit, le mot unique doit exister ou tout au moins peut exister, fut-ce dans une langue étrangère. En effet

pot de chambre	correspond à	αμις	en grec,
pain à cacheter	– –	ostia	en italien,
bateau à vapeur	– –	steamer	en anglais,
salle à manger	– –	cœnaculum	en latin,
mouchoir de poche	– –	handkerchief	en allemand,
toile d'araignée	– –	spinngewebe	en allemand,
petit neveu	– –	nepolino	en italien,
ciel de lit	– –	sobreceo	en portugais,
argent vif	– –	azougue	en portugais,
cheville du pied	– –	tobillo	en espagnol,
hotel de ville	– –	concejo	en espagnol,
drap de lit	– –	lansou	en roman,
égagropile de mer	– –	percloun	en roman,

Et comment en serait-il autrement ? La nature de la locution substantive n'est-elle pas de représenter un objet ou un être réels ? Il y a des objets réels dont les autres nations se servent comme les Français, par exemples des *ciels de lit*, des *clefs de voûte*, des *balles à beurre*, des *draps de lit*, des *descentes de lit*, des *clous de giroflier*, des *bonnets de nuit*, des *vases de nuit*, etc.; ces derniers les désignent par une circonlocution à cause de la pénurie de leur langue, mais les premières restent libres d'employer une expression particulière.

Nous en dirons autant des *aides de camp*, des *gardes*

des sceaux, des *crieurs publics*, des *gardes forestiers*, etc;
ce sont bien là des êtres réels ; rien ne les empêche
d'avoir un nom tout d'une pièce chez les autres peuples
de l'Europe.

Ainsi donc les locutions substantives sont des réunions
de mots qui tous gardent ou dont un seul garde le sens
propre pour tenir lieu de noms uniques et désigner soit
des choses soit des êtres réels.

Ces locutions substantives ont tantôt deux mots et
tantôt trois. Toutefois, dans l'un comme dans l'autre
cas, il est facile d'en apprécier le sens intrinsèque.
Voyons-le :

Garde champêtre.	C'est bien un garde pour les champs.
Garde national.	C'est bien un garde fourni par la nation.
Jardin public.	C'est un jardin pour tout le monde, comme *voie publique.*
Beaux arts.	Ce sont bien les arts beaux entre tous les a tres. L'art du dentiste est un art vulgai l'art du sculpteur est un bel art.
	« La philosophie régnait parmi eux avec beaux arts. » Bossuet, Discours.
Grand maître.	C'est le sinonime de premier maître d'un ord
Faux monnayeur.	Voilà bien un monnayeur non reconnu par loi.
Oiseau mouche.	C'est bien un oiseau dont le substantif *mou* pris adjectivement indique la petitesse.
Bel esprit.	Esprit plutôt beau que profond.
	« Et pour cela il faut des beaux esprits. Marquis d'Argenson.

Grand esprit.	Esprit tout à fait supérieur.
Plain chant.	C'est bien un chant plain ou uniforme.
Plain pied.	C'est bien un pied posé horizontalement.
Chêne vert.	Chêne qu'accompagne toujours l'adjectif *vert*.
	« Au milieu d'une forêt de chênes verts. » Auguste Boullier.
Sourd muet.	C'est bien un sourd qui est en même temps muet.
	A preuve qu'on dit *une sourde muette, un sourd muet et aveugle.*
Lieutenant général.	Dans les expressions de ce genre, *général* est bien l'adjectif sinonime de *universel*.
Pont tournant.	Pont spécifié par l'adjectif *tournant*.
Pont levis.	Pont spécifié par l'adjectif *levis*.
Vif argent.	Métaphore qui signifie *mercure* et peut se dire aussi *argent vif*.
Maréchal ferrant.	C'est maréchal qui ferre.
Prix fixe.	Comme prix invariable.
Marchand tailleur.	C'est un marchand de draps qui est en même temps tailleur.
Sapeur pompier.	Sapeur qui manie des pompes à incendie, ou pompier qui est aussi sapeur.
Dimanche gras.	C'est bien un jour spécifié par l'adjectif *gras*.
Franc tireur.	Comme on dit *franc coquin, franc étrier*, etc.
. . . . .	. . . .
Robe de chambre.	C'est bien une sorte de robe pour chambre.
Ciel de lit.	Tenture spéciale aux lits.
	« J'ai acheté deux ciels pour mon lit, un en soie et un en mousseline. »
Ciel de trône.	Tenture spéciale aux trônes.
Ciel de carrière.	Sorte de ciel ou plafond des carrières.

Ciel de tableau.	Ciel sur un tableau.
Char à bancs.	C'est un char qui a des bancs.
Roue à palettes.	C'est bien une roue qui a des palettes.
Fil à plomb.	L'expression indique un fil qu'accompagne un plomb.
Pot à eau.	C'est bien un pot spécial pour l'eau.
Quart d'heure	C'est bien le quart d'une heure, comme tiers d'heure en est la tierce partie.
Quart de lieue.	Quatrième partie d'une lieue.
Chef d'œuvre.	Ces mots désignent bien un chef, une tête, une chose capitale d'œuvre.
	« Un capo d'opera, dei capi d'opera. » GRAMMATICA ITALIANA.
Hotel de ville.	C'est bien un hôtel spécial où on traite les affaires de la ville.
Bonnet de police.	C'est un bonnet qu'en porte à la police ou à la salle de police.
Ver à soie.	Ver qui produit de la soie.
Champ de Mars.	Champ propre à Mars.
Main d'œuvre.	main ou partie manuelle d'une œuvre ou d'un travail.
Aide de camp.	C'est bien un aide pour les ordres du camp.
Aide de cuisine.	Aide pour la cuisine.

. . . .

Nous venons de dire que pour constituer une locution substantive, il suffit qu'un des mots rapprochés garde son sens particulier ; cela est aisé à constater.

Pie grièche.	C'est bien une pie distinguée par l'adjectif *grièche*.

Chien marin.	C'est bien une sorte de chien spécifié par l'adjectif *marin* qui l'accompagne.
	(*Chien* est au figuré, mais *marin* est au propre. Dans *aigue-marine* au contraire, *aigue* est un mot qui n'existe pas isolément, et le mot *marine* est détourné de son sens.)
Eau forte.	L'*eau* est au figuré, mais *forte* est au propre.
	(*Eau forte*, quand il s'agit de l'acide ; une *eau-forte*, quand il s'agit d'une gravure.)
Pin arole.	C'est un pin distingué par le mot *arole*.

. . . .

Eau de Cologne.	C'est bien une sorte d'eau fabriquée à Cologne. *Eau* est au figuré, mais *Cologne* est au propre.
Eau de Seltz.	Ce mot est dans le même cas.
Eau de vie.	C'est bien une sorte d'eau qui réellement conserve les substances animales comme en vie. On dit et on écrit *eau de feu, eau de laf, eau ardente*.
Lait de poule.	Sorte de lait fait réellement avec un produit de la poule. *Lait* est au figuré, mais *poule* est au propre.
Pomme de terre.	Sorte de pomme qui vient réellement dans la terre ou de la terre.
Belle de nuit.	Fleur appelée *belle* qui ne paraît bien que la nuit.
Belle de jour.	Autre *belle* qui ne paraît bien que le jour. *Belle* peut être considéré comme au figuré, mais *nuit* et *jour* sont bien des mots au propre qui spécifient *belle*.
Belle d'un jour.	Autre variété de fleur appelée *belle*.

Cochon d'Inde.	Sorte de petit cochon spécifié par le mot *Inde*.
Rat de cave.	Commis qui furète dans les caves, *rat* étant au figuré et *cave* au propre.
Loup de mer.	C'est un vieux marin.
Poult de soie.	Étoffe réellement en soie.

. . . .

Comme on voit, ces sortes d'expressions ont une signification claire et sont susceptibles d'analise grammaticale. L'analise est leur critérium.

Par suite, toutes les fois que la forme grammaticale disparaît sous une contraction ou une inversion, les mots rapprochés ne peuvent plus former une locution substantive. Ils rentrent alors dans la famille des noms composés. De tels mots gardent leur sens, mais ils changent de structure.

Terre-plein.	C'est un lieu plein de terre, une terrasse faite en terre.
Blanc-seing.	Seing en blanc.
Malle-poste.	La malle de la poste, malle qui est poste.

La fausse règle des grammairiens patentés est celle-ci : « quand un nom composé est formé de deux substantifs accolés, ceux-ci prennent tous deux la marque du pluriel, des *chefs-lieux*, des *chous-fleurs* ».

Or, presque tous les journaux écrivent des *timbres-poste*. Ils désobéissent ainsi aux bons pédagogues. Qu'ils rendent alors leur désobéissance logique en écrivant des *timbre-postes*, nom composé par contraction, ou des *timbres de poste*, locution substantive, comme des *timbres de télé-graphe*, des *timbres d'enregistrement*, des *mandats de poste.*

Porte-mort.	Individu qui porte le mort, ou un mort, ou les morts.
Hàvre-sac.	Sac qui sert pour les hàvres.
Chou-fleur.	Chou à fleur.
Chêne-liège.	Chêne à liège.
Appui-main.	Appui pour la main, baguette de peintre.
Marche-pied.	Marche pour les pieds ou le pied.
Coupé-lit.	Coupé avec lit, coupé qui sert de lit.
Eau-forte.	Gravure faite avec de l'eau forte.
Prix-courant.	Circulaire où sont inscrits les prix courants, les prix ordinaires d'une maison.
Portrait-carte.	Portrait en forme de carte, ou qui sert de carte.
Taupe-grillon.	Grillon qui va comme une taupe.
Compte-rendu.	Article qui rend compte.

Seulement il se passe alors un phénomène de lingüistique : chaque mot simple composant garde bien son sens intime, mais pour n'éveiller dans l'esprit qu'une idée d'accessoire ; tandisque l'idée distincte d'ensemble est éveillée par la totalité du mot, comme dans la première catégorie de noms composés.

Exemples :

Rouge et *gorge* indiquent bien qu'il s'agit d'une gorge rouge de volatile ; mais *rouge-gorge* annonce un oiseau particulier, qui voire, à certains moments, n'a pas la gorge rouge.

Porte et *montre* indiquent bien qu'il est question de porter
une montre d'une manière quelconque ; mais *porte-
montre* désigne un petit meuble particulier, et ne désigne que lui.

Porte et *feuille* indiquent bien l'action de porter ou de renfermer une ou des feuilles ; mais *porte-feuille* signifie
un objet en cuir, qui sert à tenir des feuilles dabord,
et aussi des cartes de visite, des portrait-cartes, des
billets à ordre, des billets de banque.

Porte et *drapeau* indiquent bien l'action de porter un éten-
dard ; mais, au milieu d'un groupe d'officiers, on peut
montrer un *porte-drapeau*, sans même que celui-ci ait
un drapeau à la main.

Pour et *boire* indiquent bien qu'on donne de quoi boire à
un commissionnaire ; mais en réalité un *pour-boire* est
une pièce d'argent qu'on ajoute au prix convenu, et
que par fois le prolétaire emploie honnêtement à
nourrir ses enfants.

. . . .

Arc-en-ciel rappelle bien le firmament et une courbure d'arc,
mais au total c'est un effet lumineux qui se produit
même loin du ciel. De plus, ce nom composé offre une
espèce de contraction.

Grain-d'orge exprime une moulure et n'a rien de commun
ni avec l'orge ni avec tout autre grain, si ce n'est une
ressemblance lointaine de forme.

. . . .

Le public a conscience de cet effet produit par la
suppression de la forme grammaticale, puisqu'il écrit à
la fois *garde des sceaux* et *garde-sceaux*, *maréchal des*

logis et *maréchal-logis*, *timbre de poste* et *timbre-poste*, *garde de la chiourme* et *garde-chiourme*, *dommages et intérêts* et *dommages-intérêts*, *garde de chasse* et *garde-chasse*, *trêve de Dieu* et *trêve-dieu*, *fête a Dieu* et *fête-dieu*, *cheval de vapeur* et *cheval-vapeur*.

C'est cette distinction, que tout le monde comprend sans peine et que rendent très facile les analises grammaticales, qui sert de base à la règle véritable des noms composés.

Donc
toutes les fois que les composants d'une appellation perdent leur sens naturel et toutes les fois qu'existe contraction ou inversion, il y a nom composé;
toutes les fois que plusieurs ou un seul composant d'une appellation gardent leur sens naturel et toutes les fois que n'existe ni contraction ni inversion, il y a locution substantive.

Nous ferons ici une observation importante.
au lieu de *robe de chambre*, dirait-on *robe d'appartement?* non;
au lieu de *chef d'œuvre*, pouvez-vous dire *chef de travail?* non;
au lieu de *bonnet de police*, dire *bonnet de caserne?* non;
au lieu de *aide de camp*, dire *aide de campement?* non;
. . . .
donc les locutions substantives sont invariables.

Pouvez-vous dire les *chemins nombreux de fer?* non ;
pouvez-vous dire un *juge incorruptible de paix?* non ;
pouvez-vous dire une *robe jolie de chambre?* non ;
pouvez-vous dire des *aides courageux de camp?* non ;
. . . .
donc les locutions substantives sont indivisibles.

Nous prions de remarquer cette particularité. Elle
forme l'essence des locutions substantives ; elle en est la
moelle ; elle offre un moyen naïf et mécanique de les
reconnaître.

Et cependant nous pouvons parfaitement dire

ami fidèle d'enfance, ami d'enfance, aube du jour, aube première du jour, élan de joie, élan immense de joie, acte de
folie, acte véritable de folie, lettre de mort, lettres nombreuses de mort, homme plein d'honneur, homme de grand
honneur, arrêt cruel de mort, blanc de chapon, blanc de
poulet, maison commerciale, établissement de commerce,
bateau de pêcheur, bateau pêcheur, un bateau neuf de pêche,
pain de soldat, pain frais de munition, toile de genre, petite toile, troupe de cavalerie, corps entier de cavalerie,
soupe avec des oignons, comble d'infortune, demoiselle de
compagnie, frère nourricier, demoiselle d'honneur, sœur de
lait, ribote, partie nouvelle de plaisir, couvert d'argent,
couverts neufs d'argent, point admirable de vue, etc·, etc.

Les citations ci-dessus sont donc bien des membres de
phrases purement et simplement.

Pluriel des noms communs composés :

Les locutions substantives ainsi analisées et le moyen

de les reconnaître ainsi fourni, nous n'avons plus à nous occuper que des noms composés. Voici la règle.

Quand un nom composé est formé de deux mots, il suit, au pluriel, la règle des substantifs simples ; quand il est formé de plus de deux mots, il reste invariable.

Nous allons démontrer que cette règle est basée :

1° sur la logique,

2° sur la prononciation des Français,

3° sur la règle déjà existante des adjectifs composés,

4° sur l'analogie avec les langues classiques,

5° sur les exemples tirés des auteurs,

6° sur l'impossibilité d'admettre certaines prescriptions des grammairiens patentés.

Nous aurons de la sorte établi qu'il faut écrire

bec-figue	des bec-figues,
loup-garou	des loup-garous,
passe-partout	des passe-partouts,
appui-main	des appui-mains,
bec-fin	des bec-fins,
garde-chiourme	des garde-chiourmes,
pousse-caillou	des pousse-caillous,
porte-crayon	des porte-crayons,
basse-taille	des basse-tailles,
hâvre-sac	des hâvre-sacs,
hôtel-dieu	des hôtel-dieux,
ayant-droit	des ayant-droits,
contre-poison	des contre-poisons,

et également d'écrire

des arc-en-ciel, des patte-de-mouche, des pied-à-terre, des auto-da-fé, des main-de-dieu, des pot-de-vin, des queue-d'hirondelle, des pain-de-pourceau, des grain-d'orge, des cote-à-cote, des pot-au-feu, des vole-au-vent, des barbe-de-capucin, des gueule-de-loup, des tête-à-tête, etc.

1" et 2" argument, par la logique et la prononciation.

En effet, la nature des noms composés, proprement dits, est d'offrir un sens tout différent de celui de chaque composant, n'est-ce pas ? Par suite, si nous laissons à tous les termes leur variabilité grammaticale, nous semblons affirmer qu'ils sont dépendants l'un de l'autre ; qu'ils sont régulièrement soumis à l'influence réciproque des genres et des nombres ; qu'ils doivent par cela même conserver leur signification particulière. *Bons vins* présuppose *bon vin*.

Soit le mot *basse-taille*. Montrons-le à un enfant ou à un étranger. Celui-ci croira de prime abord que cela signifie *statura parva.* Montrons-le-lui écrit au pluriel *basses-tailles ;* il n'hésitera plus et traduira *staturæ parvæ.* Il aura raison, car, dans toutes les langues, un adjectif qui varie avec le nom qu'il accompagne, est évidemment un adjectif qui qualifie ce nom.

Au contraire, montrons-lui le pluriel *les bassestailles* ou *les basse-tailles ;* il ne verra la marque de la pluralité qu'à la fin du mot ; il remarquera que l'adjectif *basse,* n'ayant point reçu le nombre du nom *tailles*, ne peut être un adjectif qui qualifie ce nom ; il comprendra que là n'est point question de *staturæ parvæ* ; il demandera, et il apprendra que des *basse-tailles* sont simplement des chanteurs.

De même pour les *plate-bandes*, les *main-levées*, les *sainte-barbes*, les *courte-pointes*, les *fer-chauds*, les *masse-pains*, etc.

Qu'importe le train d'union ?

Il y a autant d'auteurs qui écrivent *plateforme*, *fer-blanc* et *pourboire*, que de ceux qui écrivent *plate-forme*, *fer-blanc* et *pour-boire*. Le trait d'union n'est là que pour rappeler les racines directes ou métaphoriques du mot composé ; pourquoi influerait-il sur l'orthographe ? Les mêmes auteurs qui écrivent des *plateformes*, des *ferblancs*, des *pourboires*, des *portefeuilles*, sont naturellement amenés à écrire *des plate-formes*, *des fer-blancs*, *des pour-boires*, *des porte-feuilles*. Il serait souverainement ridicule de vouloir que le même mot eût deux manières de s'appliquer les règles fondamentales de la grammaire.

C'est en vain que les partisans peu éclairés des Landais, des Poitevin et consorts allégueraient le disparate d'un nom ou d'un adjectif singuliers soudé au devant d'un adjectif ou d'un nom pluriel ; ou bien allégueraient le mauvais effet du s ajouté à des mots invariables de leur essence. L'œil n'a rien à redouter de cet accouplement. Eux-mêmes nous ont habitués à voir

des blanc-seings, des terre-pleins, des chevau-légers, des grand'mères, des grand'rues, des grand'messes, etc ; des dires, des ouï-dires, des garde-mangers, des vauriens, des pourparlers, etc.

Nous le répétons, laisser à chaque composant d'un nom composé son indépendance pour l'orthographe, c'est y laisser également son indépendance pour le sens et vouloir que

des *chat-huants*, écrits *chats-huants*, signifient *chats qui huent*, et non pas *oiseaux ;*

des *basse-tailles*, écr* *basses-tailles*, sign* *statures petites*, et non pas *chanteurs ;*

des *pied-bots*, écr* *pieds-bots*, sign* *pieds contournés*, et non pas *hommes estropiés :*

des *franc-maçons*, écr* *francs-maçons*, sign* *maçons libres*, et non pas *sociétaires ;*

des *sainte-barbes*, écr* *saintes-barbes*, sign *barbes sacrées*, et non pas *poudrières ;*

des *dame-jeannes*, écr* *dames-jeannes*, sign* *femmes Jeanne*, et non pas *grosses bouteilles ;*

des *courte-pointes*, écr* *courtes-pointes*, sign* *étoffes courtes*, et non pas *couvertures ;*

des *belle-dames*, écr* *belles-dames*, sign* *femmes superbes*, et non pas *plantes ;*

des *fruit-secs*, écr* *fruits-secs.* sign* *fruits séchés*, et non pas *élèves refusés :*

des *bon-chrétiens*, écr· *bons-chrétiens*, sign· *chrétiens pieux,*
et non pas *poires ;*

des *songe-creux*, écr· *songes-creux*, sign· *rêves insignifiants,*
et non pas *hommes qui rêvassent ;*

des *ciel-ouverts,* écr· *ciels-ouverts,* sign· *plafonds démolis,*
et non pas *toitures de cours ;*

des *pie-mères,* écr· *pies-mères,* sign· *pies ayant des petits,* et
non pas *membranes du cerveau ;*

des *fer-chauds,* écr· *fers-chauds,* sign· *fers échauffés,* et non
pas *maux de gorge ;*

des *main-mortes,* écr· *mains-mortes,* sign· *mains paralisées,*
et non pas *servitudes ;*

des *revenant-bons,* écr· *revenants-bons,* sign· *fatômes ai-*
mables, et non pas *casuels ;*

des *bouillon-blancs,* écr· *bouillons-blancs,* sign· *bouillons de*
veau, et non pas *plantes ;*

des *cordon-bleus,* écr. *cordons-bleus,* sign· *tresses bleues,* et
non pas *cuisinières de grand mérite ;*

des *cul-blancs,* écr· *culs-blancs,* sign· *fesses blanches,* et non
pas *oiseaux ;*

des *pied-droits,* écr· *pieds-droits,* sign· *pieds réguliers,* et non
pas *jambages de porte ;*

des *pied-forts,* écr· *pieds-forts,* sign· *pieds robustes,* et non
pas *monnaies ;*

des *pont-neufs,* écr· *ponts-neufs,* sign· *ponts récents,* et non
pas *chansons ;*

des *pied-plats,* écr· *pieds-plats,* sign· *pieds applatis,* et non
pas *hommes vils ;*

des *pots-pourris,* écr· *pots-pourris,* sign· *vases gâtés,* et non
pas *mélanges littéraires ;*

des *pied-verts,* écr· *pieds-verts,* sign· *pattes vertes,* et non
pas *bécasseaux ;*

des *plat-bords,* écr· *plats-bords,* sign· *bords applatis,* et non
pas *balustrades de navire ;*

des *sauf-conduits,* écr· *saufs-conduits,* sign· *tuyaux sauvés,*
et non pas *passeports ;*

des *chauve-souris,* écr· *chauves-souris,* sign· *rats sans cheveux,* et non pas *chéiroptères ;*

des *vade-manques,* écr· *vades-manques,* sign· *mauvaises
vases,* et non pas *baisses de caisse ;*

des *toute-bonnes,* écr· *toutes-bonnes,* sign· *bonnes sans exception,* et non pas *sauges ;*

des *terre-neuves,* écr· *terres-neuves,* sign· *terreins vierges,* et
non pas *chiens ;*

des *taute-saines,* écr· *toutes-saines,* sign· *toutes en santé,* et
non pas *arbrisseaux ;*

des *rouge-bords,* écr· *rouges-bords,* sign· *bords écarlates,* et
non pas *rasades ;*

des *rouge-gorges,* écr· *rouges-gorges,* sign· *gorges écarlates,*
et non pas *oiseaux ;*

des *taille-douces,* écr. *tailles-douces,* sign· *tailles flexibles, et*
non pas *gravures ;*

des *rouge-queues,* écr· *rouges-queues,* sign· *queues coloriées,*
et non pas *oiseaux ;*

des *longue-vues,* écr· *longues-vues,* sign· *vues perçantes,* et
non pas *lunettes d'approche ;*

des *eau-fortes,* écr· *eaux-fortes,* sign· *eaux acidulées,* et non
pas *gravures ;*

des *main-courantes,* écr· *mains courantes,* sign· *mains qui
courent* et non pas *registres.*

des *main-levées*, écr· *mains-levées*, sign· *mains levées en l'air* et non *pièces judiciaires*.

La marque du pluriel, intercalée au milieu d'un nom composé, n'a jamais existé pour certains substantifs, voire avant la suppression de leur inutile trait d'union :

des vinaigres, des bonhommes (outils), des bonbons, des bonjours, des chaufours, des cricris, des toujours, des flic-flacs, des embonpoints, des bonducs (plantes), des crincrins, des haut bois, des flonflons, des flouflous, des monsieurs (prunes), des lieutenants, etc.

Il nous semble que c'est là un autre argument tiré du dernie vif de notre langue.

En vérité on croirait que les faiseurs de grammaire ne se sont jamais donné jusqu'ici la peine d'écouter parler les Français de Paris. Ceux ci, n'en déplaise à cela, prononcent sans *s* intercalé :

des mal trantels	c'est à dire	des maître-autels,
des do rémuls	- -	des dor-émuls (étoffes),
des saisi arrêts	- -	des saisie-arrêts,
des oran goutangs	- -	des orang-outangs,
des por képics	- -	des porc-épics,
des clé louverts	- -	des ciel-ouverts,
des fau sséquerres	- -	des fausse-équerres,
des domma gintérêts	- -	des dommage-intérêts,
des laissé rallers	- -	des laisser-allers,
des traché artères	- -	des trachée-artères,
des cour tépines	- -	des courte-épines,
des dou çamères	- -	des douce-amères,

des bo henris	c'est à dire	des bon-henris,
des bran chursines	- -	des branche-ursines,
des clai robscurs	- -	des blair-obscurs,
des tou tépices	- -	des toute-épices,
des gué tapens	- -	des guet-apens,
des cour thaleines	- -	des courte haleines.

Nous disions bien que le terrible monsieur Usage est avec nous !

Que doit-il se passer, lorsque le nom composé est formé de plus de deux mots ? Faut-il mettre, comme l'enjoignent les pédagogues, la marque du pluriel à la fin du premier mot ? Dieu nous préserve d'une semblable hérésie ! Nous tomberions dans un brouillamini de significations analogue à celui de tantôt.

Prenons une certaine fleur dans un des vases de notre balcon. N'est-ce pas, ô grammairiens en titres, que vous allez écrire *une gueule, des gueules*, en faisant varier *gueule* ? Nous vous dirons *gueule* est donc indépendant du reste du nom ; nous vous demanderons gueule de quoi ? gueule de qui ?

— « De loup » nous répondrez-vous.

Ah ! très bien ! *os lupi, ora lupi*. Curieuse fleur !

Si au contraire vous écrivez une *gueule-de-loup*, des *gueule-de-loup*, l'absence du s nous prouvera que point ne s'agit de *gueule* ni de *gueules*, de bouche ni de museau, de loup ni de chien, mais seulement de *gueulede-*

loup ou *gueule-de-loup*, c'est à dire, d'une fleur qui s'est appelée ainsi, comme elle se serait appelée *rose*, *héliotrope*, *plantin* ou *géranium*.

Essayez un peu de dire des *gueules à loup*, ou des *gueules pour loup*, ou des *gueules en loup*, ou des *geules avec loup*. Cela vous fait sourire. Vous voyez bien que *gueule-de-loup* n'est pas une locution substantive, mais bien un mot compacte, *gueuledeloup*, dans l'intérieur du quel le plus petit s ne peut, ne doit, ne saurait se fourvoyer.

S'il fallait avoir égard aux composants, les savants devraient traduire le nom composé *gueule-de-loup* pas *os lupi*, au lieu de *antirrhinum*; les Italiens, le nom composé *barbe-de-renard* par *barba di volpe*, au lieu de *tragacanta*; le nom composé *barbe-de-bouc* par *barba di becco*, au lieu de *scorzonera*; etc.

Le phénomène de lingüistique dont nous avons parlé à la page 142 et qui a lieu pour les noms formés de deux termes, a également lieu pour les noms formés de plus de deux termes. Chaque composant éveille une idée d'accessoire, mais le composé éveille une idée d'ensemble. Les composants *gueule* et *loup* rappellent bien la forme d'un museau de loup; mais le composé *gueule-de-loup* indique une fleur. Seulement, grâce aux composants, l'esprit se remémore tout de suite la silouette de cette fleur, qui ressemble à un vrai museau de vrai loup.

Ici encore la France entière est de cette opinion, car elle prononce

des co qualane	pour	des coq-à-l'âne,
des cro kenjambe	- -	des croc-en-jambe,
des ar kenciel	- -	des arc-en-ciel,
des bri cabrac	- -	des bric-à-brac,
des cas kamèche	- -	des casque-à-mèche,
des po taufeu	- -	des pot-au-feu,
des pié-taterre	- -	des pied-à-terre,
des her bauchat	- -	des herbe-au-chat,
des té tatète	- -	des tête-à-tête,
des pé tenlair	- -	des pet-en-l'air,
des païe llenqueu	- -	des paille-en-queue,
des to rraterre	- -	des terre-à-terre,
des va éviént	- -	des va-et-vient,
des tou tourién	- -	des tout-ou-rien,
des païe llencu	- -	des paille-en-cul,
des flé rabras	- -	des fier-à-bras,
des co tacote	- -	des côte-à-côte,
des hau tabas	- -	des haut-à-bas,
des bour sapasteur	- -	des bours-à-pasteur (plante),
des fétu encu	- -	des fétu-en-cul,
des fô racheval	- -	des fer-à-cheval (escalier),
des valé tapatin	- -	des valet-à-patin.

. . . .　　　. . . . . . .

« Il y a là des côte-à-côte et des vis-à-vis qui ne sauraient être l'effet du hazard. » Veuillot.

« Dans les tête-à-tête les plus secrets Émile n'oserait solliciter. » J.-J. Rousseau.

Il y a même des cas où la marque du pluriel serait une gêne. *Œil-de-bœuf* signifie lucarne ronde. C'est bien un mot métaphorique, qui rappelle l'organe visuel de l'animal laboureur ; interposons le s ; nous aurons des *œuils-de-bœuf* : ce qui est contraire à l'étimologie, puisque *œuil* (organe) fait au pluriel *ieux*. Ecrirons-nous des *ieux-de-bœuf* pour obéir à l'étimologie ? Nenni. Nous commettrions un barbarisme, et nous froisserions la prononciation Française. Nous sommes donc forcés de dire et d'écrire des *œuil-de-bœuf, des œuil-de-perdrix*, etc.

Nous pourrions ajouter d'autres exemples. Après un *sot-l'y-laisse*, on serait tenté d'écrire des *sots-l'y-laissent;* après un *pot-au-feu* des *pots-au-feu* n'auraient plus la même signification ; le *tout-ou-rien* deviendrait des *tous-ou-rien*, ce qui est loin de la sinonimie.

Voilà qui est prouvé. Mettrons-nous alors le s à la fin du dernier terme de ces noms composés ? La suite du raisonnement mènerait à une conclusion affirmative. Un *sot-l'y-laisse* n'est jamais qu'un *solylaisse*, c'est à dire un morceau délicat de la volaille ; un *écoute-s'il-pleut* n'est jamais qu'un *écoutessilpleut*, c'est à dire, un petit moulin à eau ; une *croix-de-par-dieu* n'est jamais qu'une *croix-depardieu*, c'est à dire un certain abécédaire. Comme nous l'avons démontré déjà, on ne doit nullement s'inquiéter des mots composants qui forment des noms composés de signification si nouvelle ; et néanmoins, tant que ceux-

ci ne seront point écrits en un seul mot tipographique,
il répugnera à tout le monde d'écrire

des sot-l'y-laisses,	des pêcheur-du-Sénégals,
des écoute-s'il-pleuts,	des pet-en-l'airs,
des trompe-l'œuils,	des pince-sans-rires,
des qu'en-dira-t-ons,	des bec-d'argents,
des coq-à-l'ânes,	des bec-de-corails,
des battant-l'œuils,	des fer-à-chevals,
des meurt-de-faims,	des mont-de piétés,
des pêcheur-du-rois,	. . . .

Un pareil s est crispant pour le regard. Joint que,
dans cette seconde hipothèse, il y aurait aussi des cas
où la marque du pluriel serait plus qu'une gêne. Il faudrait dire, après un orage, des *arc-en-cieux*, parcequ'il
s'agit bien là du firmament ; des *trompe-les-ieux*, parcequ'il s'agit bien de l'organe de la vue ; des *fer-à-che-
vaux*, parceque le pluriel de *al* est bien *aux*, etc. Autant
de barbarismes.

Ainsi ni s au milieu, puisque la prononciation des
Français s'y oppose autant que la logique ; ni s à la fin,
puisqu'il est défendu par la prononciation, par la logique
et par les grammairiens. Pour ces sortes de noms composés la pluralité de l'article suffit. Leur tournure essenciellement singulière permet de respecter le sens et les
ieux ; et elle n'a rien d'anti-grammatical, puisque déjà
nous écrivons

des *Te Deum*, des *qui vive*, des *Ave Maria*, des *vive le roi;*

les *i*, les *a*, les *o*, les *u*, etc ;

les *si*, les *pourquoi*, les *tudieu*, les *ventrebleu*, les *cependant*, etc ;

les *Rostchild*, les *Mortemart*, les *Montmorency*, les *Castelvecchio*, les *Mavrocordato*, etc ;

les *n*, les *b*, les *f*, les *r*, etc ;

les *coq-à-l'âne*, les *terre-à-terre*, les *côte-à-côte*, les *tête-
à-tête*, etc.

C'est en vertu de cet irrécusable principe que le public, se gaussant des règles absurdes des grammairiens,
a fait

de Franche-Comté : le Franc-Comtois, la Franc-Com-
toise, les Franc-Comtois, les Franc-Comtoises ;

de San-Francisco : les San-Franciscains, les San-Fran-
ciscaines ;

de franc-maçon : la franc-maçonnerie, les franc-maçons,
les franc-maçonneries ;

de Saint-Raphël : les Saint-Raphélois, les Saint-Raphé-
loises ;

de Anglo-Français : les Anglo-Françaises, l'Anglo-Française ;

de hidro-sulfate : les hidro-sulfates ;

de Austro-Prussien : les Austro-Prussiens, l'Austro-
Prussienne, les Austro-Prussiennes ;

de Saint-Lo : les Saint-Loit, les Saint-Loises ;

de Saint-Paul : les Saint-Paulois, les Saint-Pauloises ,

de grand maître : la grand-maîtrise ;

de pain d'épice : le pain-d'épicier, la pain-d'épicière, les
pain-d'épiciers ;

de Saint-Simon : les saint-simoniens, les saint-simonien-
nes ;

de Don Carlos : les don-carlistes, une don-carliste ;

de Henri V · l'henri-quinquiste, les henri-quinquistes ;

de prime saut : prime-sautiers, prime-sautières ;

3ᵉ argument, par les adjectifs composés.

Passons à un argument plus fort que la théorie et
plus fort que la prononciation : la réalité. Oui, la règle
de l'invariabilité du corps des mots composés existe entière et absolue par rapport aux adjectifs.

L'adjectif est un mot à désinence variable comme le
nom, éveillant une idée de qualité comme ce dernier
éveille une idée d'entité, pouvant être formé de deux
qualités comme celui-ci de deux entités, se pliant comme lui aux nuances du genre et du nombre, un mot absolument identique, du moins dans notre langue.

Or, quand nous réunissons la qualité *douce* à la qualité *aigre*, pour en faire une qualité qui tienne des
deux premières, et que nous appliquons cette qualité
mixte à un fruit, nous ne donnons la marque du pluriel
qu'au total des deux adjectifs réunis :

pomme aigre-douce,　　pommes aigre-douces.

C'est plutôt là que les grammairiens auraient dû édicter
les deux s. Dans *aigre-douce* en effet subsistent à la fois
et l'idée de *doux* et l'idée de *aigre*, comme en fait maté-

riel le palais est simultanément impressionné et par le
doux et par l'aigre ;

tandisque dans *franc-maçon* il n'est plus question ni de
    maçon ni de franchise ;

tandisque dans *basse-taille* il n'est aucunement question
    ni de taille humaine ni d'exigüité ;

tandisque dans *loup-garou* n'est question ni de loup ni de
    garou.

L'Académie proclame bon ici ce qu'elle déclare mauvais ailleurs ; et tout le monde écrit sans répugnance

des enfants mort-nés,   des femmes court-vêtues,
des poires aigre-douces, les troupes grand-ducales,
des soldats ivre-morts, des onctions vif-argentines (A· Paré)

Du moment que ni l'œuil ni la raison ne sont blessés de
cette orthographe plurielle des adjectifs composés, pourquoi l'un ou l'autre le serait-il de l'orthohraphe analogue
des noms composés ?

Au reste, voici un sillogisme significatif.

Un adjectif ne change jamais d'orthographe en étant
pris substantivement :

les hommes bons   les bons,
les hommes justes   les justes,
les hommes faibles   les faibles,
les hommes forts   les forts,
les hommes méchants   les méchants,

. . . .

or les épithètes ci-dessous sont des adjectifs :

les enfants nouveau-nés, armées Austro-Russes, des soldats ivre-morts, des filles mort-nées, prunes verte-bonnes, des filles nouveau-nées, etc;

donc elles ne changeront pas d'orthographe en étant prises substantivement et s'écriront

les nouveau-nés, les premiers-nés, les verte-bonnes, des ivre-morts, les Austro-Russes, les mort-nées, les nouveau-nées, etc.

4ᵉ Argument, par l'analogie des langues.

Nous n'avons qu'à citer des exemples sans démonstration pour prouver que la règle ici formulée est suivie dans toutes les langues classiques.

En anglais : de *hand* (main), au pluriel *hands*, et de *book* (livre), au pluriel *books*, on a fait des *hand-books;*

de *flower* (fleur), au pluriel *flowers*, et de *garden* (jardin), au pluriel *gardens*, on a fait des *flower-gardens.*

En italien : de *neo* (nouveau), au pluriel *nei* et de *nato* (né), au pluriel *nati*, on a fait des *neonati;*

de *guardia* (garde), au pluriel *guardie*, et de *nappo* (verre), au pluriel *nappi*, on a fait des *guardanappi.*

En allemand : de *tisch* (table), au pluriel *tische*, et de *tuch* (drap), au pluriel *tucher*, on a fait des *tischtucher;*

de *jagd* (chasse), au pluriel *jagden*, et de *rohr* (tuyau), au pluriel *rohre*, on a fait des *jagdrohre.*

En portugais : de *couve* (chou), au pluriel *couves*, et de *flor* (fleur), au pluriel *flores*, on a fait des *couve-flores* ;

de *couve* (chou), au pluriel *couves*, et de *nabo* (navet), au pluriel *nabos* on a fait des *couve-nabos*.

En latin : de *primus* (premier), au pluriel *primi*, on tire également le singulier *primicerius* et son pluriel *primicerii*, le singulier *primordialis* et son pluriel *primordiales* ;

de *leo* (lion), au pluriel *leones*, et de *pardus* (panthère), au pluriel *pardi* on a fait des *leopardi*.

En grec : de λεων (lion), au pluriel λεοντες et de παρδαλος (panthère), au pluriel παρδαλοι, on a fait des λεοπαρδαλοι ;

de στρουθος (moineau), au pluriel στρουθοι et de καμηλος (chameau), au pluriel καμηλοι, on a fait des στρουθοκαμηλοι ;

de καλος (beau), au pluriel καλοι et de αγαθος (bon), au pluriel αγαθοι, on a fait des καλοκαγαθοι.

5** argument, par les auteurs.

Nous arrivons aux phrases tirées des livres et des journaux. Elles prouvent qu'à certains moments, dans l'esprit des écrivains et des protes, la logique l'emporte sur les prescriptions scolaires, et que la présente règle est la seule vraie.

Exemples de noms composés :

Il résulte des compte-rendus publiés par les journaux que m⁰ Glais-Bizoin a reçu à Genève un accueil sympathique. PETIT JOURNAL, n° 1150.

Des plate-formes et des jardins du village la vue est très belle. Reclus.

L'individu avait acheté un de ces petits chiens Anglais de la race des boule-dogues. PETIT JOURNAL, n° 1109.

Ce ne sont là que des vauriens. H· Lefranc.

Voilà dix-huit pour-boires dans une journée. V· Hugo.

A l'aube claire se marie le chant clair des bec-fins. Mistral.

Ils étaient suivis par un petit chien qui appartenait à l'espèce des bull-terriers. L'ÉPOQUE, avril 1866.

Je fais pour les feuilles publiques ce qu'il fait pour les nouveau-nés. Léo Lespès.

Il n'était pas rare de voir les vice-rois trafiquer de la justice. Auguste Boullier.

Dans le siècle du goût et des in-folios. Dorat.

Une autre ordonnance nomme vice-consuls de la principauté... JOURNAL DE MONACO, n° 411.

C'est sans doute l'exposition des demi-refusés. About, SALON DE 1866.

Félicien David a revêtu le costume pittoresque des saint-simoniens. Léo Lespès.

Telle est l'opinion des libre-échangistes. PHARE de Nice.

Au delà des tribunes des steeple-chases, Blondin avait tendu... Théophile Gauthier.

La vie n'est point une chose assez gaie pour qu'on salue les nouveau-venus par des démonstrations de joie. Ernest Lacan, MONITEUR.

Les clair-rouges servent à la préparation des laines. Lubanski.

De ces dieux chèvre-pieds et des folles Ménades. Desmarets.

Sous l'Empire il y avait six régiments de chevau-légers. Bescherelle.

Les premiers qui s'approchèrent furent trois cent-gardes. LE FERET.

Trois autres bâtiments reçurent cent chevau-légers. LE SIÈCLE, D'Auriac, 26 de février 1867.

Les amateurs pourront encore se faire montrer deux tam-tams de guerre. A· Joanne, BORDS DU RHIN.

Chacun des cent-suisses de François Ier. ENTRÉE DE FRANÇOIS Ier À Caen.

Les cent-gardes s'établirent dans la cour d'une ferme voisine. De Bazancourt.

Le mécanicien Astro sortant de l'entrepont. PETIT MONITEUR, 1863.

A l'utilité des malheureux main-mortables. Florian.

Amener la pacification du Mexique par le concours des Nord-Américains. L'UNION DE L'OUEST, 18 d'août 1867.

Un peuple qui a renversé d'un souffle les main-mortes, les dîmes, les corvées. Lamartine, LOUVERTURE, 1863.

Les singuliers signes de naissance qu'apportent sur eux certains nouveau-nés. Isidore Bourdon, PHYSIOLOGIE.

A partir de Puységur et de Deleuze, ces deux chefs des néo-magnétistes. Id.

Quand les chauve-souris volent au vespre. A· Paré.

Lui présente biscuits, masse-pains, macarons. L'ENFANT MALADE, fable.

Les orang-outangs sont extrêmement sauvages. Buffon.

On l'emploie à la confection des cloches et des tam-tams. Régnault, CHIMIE.

On ne pouvait que tracer de longues platebandes. REVUE DE CANNES. Macé, 2 de mai 1868.

Le gazon qui doit servir de bordure aux plate-bandes. Id.

Les héritiers et bien-tenants. Bescherelle.

Les chou-fleurs ont une organisation singulière. DICTIONNAIRE D'AGRICULTURE.

Les deux parois finissent par se rejoindre et constituent un pont,naturel où de midi à deux heures le soleil forme avec la vapeur de l'eau des arc-en-ciel d'un effet magique. Joanne.

« Et je vis un ange revêtu d'une nuée et ayant des arc-en-ciel sur la tête. » APOCALYPSE, X.

Exemples de locutions substantives :

Ils virent que leurs nids étaient menacés, et d'accourir à tire d'ailes. PETIT JOURNAL, n° 1159.

Outre les grandes calèches, les coupés et les chars à bancs. Edmond About.

Mais aussi les mouvements, les airs de tête, les petites raideurs. Idem.

L'hôpital de la bourgeoisie a été bâti ainsi que l'hôtel de ville. Joanne.

On y trouvait une très riche collection de vers à soie. L· Figuier.

Oh ! mes belles de nuit, qu'ils sont purs vos calices. Ch· Poncy.

Horace Vernet, qui passait pour léger, avait du coup d'œil. Sainte-Beuve.

Horace aurait été un ancien aide de camp de Napoléon. Id.

En face de Louis XIV, roi des maltôtiers, idole des rats de cave. Weiss.

Ayant demandé à une servante un pot de chambre. Racine.

On doit au moins deux coups d'œil au miroir. Gresset.

Les vertus de l'eau de vie sont infinies. A· Paré.

N'avoir pour horizon que le ciel de son lit. Bernard.

Un pauvre diable sous le ciel de son lit. Desaugiers.

Voyant que l'asme ostée de ce beau chef d'œuvre. A· Paré.

Je ne veux laisser en arrière la prudence des mouches à miel. A· Paré.

Tous les articles de literie, bois de lit, draps de lit, ciels de lit, descentes de lit. etc. LE COMMERCE.

Le lit de camp des corps de garde m'irritait, car je fus soldat. ISSAURAT.

Officier, il fut l'aide de camp de son général. H· Lefranc.

Bien que le chef me lançât de furieux coups d'œil. Idem.

Enfin, on trouve en Suisse, dans presque tous les villages, des chars à quatre roues, tantôt à un banc de trois places et de côté, tantôt à quatre ou six places, à deux bancs l'un en face de l'autre. Joanne, SUISSE, p· XXXII.

Un pauvre diable déconfit, qui pendant douze mois ne vit que le ciel de son lit. Désaugiers.

Son appartement était un véritable musée, non d'objets d'art. Joanne, UN CHATIMENT.

Pour répondre à l'exigence des voyageurs, il fallait se faire leur maréchal des logis. Cuvillier-Fleury, DÉBATS, 1863.

Les rideaux sont ordinairement attachés à un ciel de lit. Emmeline Raymond, MODE ILLUSTRÉE, 1868.

Il ne nous serait pas possible de publier le dessin d'un ciel en tapisserie. Idem.

Ce qui n'avait pas empêché Dufresne de laisser lontemps sur le ciel de son lit la comédie de Destouche. A· Houssaye.

Je ne le trouvais ni bien ni mal au premier coup d'œil. Idem.

Le lustre qui avait cinquante becs avait été remonté jusqu'au ciel du théâtre. PETIT JOURNAL, 15 de janv·1874. Paris.

Exemples de noms pris adjectivement :

La pluie est un agent voyer qui entretient sans contrôle les
chemins. Edmond About.

C'est la description d'une maison modèle que tu me demandes là. Aristide Roger.

Dans l'exploitation du mélèze et du pin arole. Joanne,
Suisse.

A l'expulsion des rois pasteurs commença pour l'Egypte
une prospérité. Duruy, Résumé des histoires.

Les Hycsos ou rois pasteurs envahirent l'Egypte. Bouillet,
Dict' hist.

L'homme a affaire à l'obstacle sous la forme superstition,
sous la forme préjugé et sous la forme élément. V· Hugo.

Il revoyait, près de l'arche ogive, ces grottes basses et
obscures. Idem.

Et était tombé sur le jeune D·, élève musicien. Petit journal,
14 de mars 1866.

En sortant de son atelier, Mouton, ouvrier mécanicien. Id.

Le voyageur naturaliste Commerson qui naquit à Châtillon
en 1727. Léo Lespès. .

Le sieur V·, marchand tailleur, passait hier à minuit et
demi, rue Rambutau. Petit journal, n° 1156.

Le Luxembourg, après avoir été chateau royal et château
bagatelle. Léo Lespès.

Le roi galant homme avait l'air d'un gros chat ébouriffé.
Ed· About.

Au n° 25, un petit palais Renaissance. Idem.

L'idée mère de cette composition se continue. Idem.

Le troglodyte d'Europe ou oiseau mouche d'Europe. Nérée
Boubée.

Ocelot *n· m·* chat tigre d'Amérique. Nap· Landais.

Le soldat Prussien porte des espèces de souliers bottes lacés. MONITEUR DU SOIR, 1· de juillet 1866.

Le dîner officiel donné par le lord maire. MONIT· DU SOIR, 8 d'août 1860.

Couvert de taillis de chênes kern.ès, de chênes verts et de houx. Joanne.

Les porcs sangliers aigüisent leur dent. A· Paré.

De trois cents rames de papier couronne. H· Lefranc.

Et voici Mirabeau, l'homme éclair, et voici Danton, l'homme foudre. V· Hugo.

On met dans une caisse en plomb un mélange de spath fluor. Régnault, CHIMIE.

Il y a l'homme loup, l'homme tigre, l'homme renard, l'homme taupe, l'homme pourceau. Diderot.

Floréal alluma une torche de bois chandelle. Gustave Aimard.

6ᵉ argument, par les erreurs des grammairiens.

Il ne nous reste plus, pour couronner notre argumentation, qu'à faire ce qu'on appelle en mathématiques le raisonnement par l'absurde. Soit la ligne *A B* perpendiculaire à la ligne *C D*, il va en résulter deux impossibilités, donc *A B* n'est pas perpendiculaire à *C D*. Admettons certaines règles des grammairiens en renom, il en résulte des balourdises, donc ces règles ne sont pas justes.

Charles Laveaux, dans son DICTIONNAIRE DES DIFFI-CULTÉS, s'exprime comme suit :

« *Bec-de-corbin*. Substantif masculin. Ce mot étant composé de deux substantifs joints par une préposition, il n'y a que le premier qui doive être au pluriel ; ainsi il faut écrire des *becs-de-corbin*. »

Faux, parceque *bec-de-corbin*, s'appliquant à la totalité de l'instrument est identique à *becdecorbin*. C'est des *bec-de-corbin* qu'il faut écrire.

Cette vieille et mauvaise règle de deux substantifs joints par une préposition est naturellement énoncée aussi par messieurs Noel et Chapsal : « quand un substantif composé est formé de deux substantifs unis par une préposition, c'est le premier de ceux-ci qui prend la marque du pluriel, un *ciel-de-lit*, des *ciels-de-lit*, un *chef-d'œuvre*, des *chefs-d'œuvre* ». (GRAMMAIRE).

Quels exemples bien choisis ! ou plutôt bien copiés !

Depuis deux cents ans en effet les grammairiens n'en présentent pas d'autres. De sorte que *ciel-de-lit* entraînera *drap-de-lit*, *descente-de-lit*, *bois-de-lit*; et la proscription du *s* entraînera

des arcs-*x*en-ciel, des terres-*x*à-terre, des brics-*x*à-brac, des pailles-*x*en-queue, des pots-*x*au-feu, des pots-*x*en-l'air, etc ·, etc.

Pour une 31° édition cela n'est pas trop mal.

Et cet autre? Monsieur Larousse? Que dit-il dans sa GRAMMAIRE ET LEXICOLOGIE DES ÉCOLES ? Dans sa vingtième édition s'il vous plait ! « Les noms composés sont ceux qui se forment de plus d'un mot : *oiseau-mouche*, *arc-en-ciel*, le *Tout-Puissant*, le *Pont-Neuf*. »

De sorte que *roi-pasteur*, *ouvrier-maçon*, *format-diamant*, *parti-prêtre*, *élève-musicien*, etc, sont des noms composés, puisqu'*oiseau-mouche* en est un ; de sorte que *Pont-Solférino*, *Maréchal-Ney*, *Ministre-Duruy*, *Pont-Rialto*, *Grammairien-Larousse*, sont des noms composés, puisque Pont-Neuf en est un.

Et cet autre encor ? Monsieur Bénard ? Savez-vous comment il comprend les noms composés ? Ouvrez la vingt troisième édition de son DICTIONNAIRE CLASSIQUE UNIVERSEL, vous y verrez la définition suivante

pot-de-chambre   n• m•   vase de nuit.

Sur dix Français vous en trouverez cinq qui appelleront ce meuble *pot de chambre* et cinq *vase de nuit*: les deux appellations sont également françaises. Si *vase de nuit*, d'après m• Bénard, est une locution substantive, pourquoi *pot de chambre* serait-il un nom composé ? *Vase de nuit*, étant un terme autant et même plus usité que *pot de chambre*, doit se trouver dans un dictionnaire ; et alors, toujours d'après m• Bénard, nous aurons

pot-de-chambre   n• m•   vase de nuit,
vase-de-nuit   n• m•   pot de chambre.

D'ailleurs l'expression *pot de chambre* est si peu une expression compacte et indivisible que les malades em-

ploient seulement ou le mot *pot* ou le mot *vase*. Sans
compter que *pot-de-chambre* entraînerait *robe-de-chambre*
fille-de-chambre, *valet-de-chambre*, etc·, autant d'ab-
surdités. Ce détail moitié incongru, moitié lexicographi-
que n'empêche pas le dit ouvrage d'être à sa 23me édition, approuvé par l'Université et honoré d'une grande
médaille d'argent.

M⁺ Bescherelle, à son tour, voit des noms composés
dans *grand' chambre*, *grand' salle*, *grand' rue*, *grand'*
messe, *grand océan*, etc. Ce n'était pas la peine qu'il se
moquât tant de Napoléon Landais, et qu'il se privât de
souper. Selon ce lexicographe, en effet, le souper n'existe
plus ; ce n'était qu'au moyen âge qu'on dînait à midi ;
maintenant on dîne à six heures de relevée. De sorte que
vingt cinq millions d'ouvriers, de paysans et de bourgeois de France, vingt millions d'Italiens, vingt millions
d'Espagnols et pas mal d'autres millions d'hommes sont
replongés dans le moyen âge par m⁺ Bescherelle, parceque ils déjeunent, dînent, goûtent et soupent.

Ce n'est pas l'ignorance de ces divers auteurs qui me
surprend ; chacun fait ce qu'il peut ; c'est la négligence
de l'Université de France, cette noble et docte sauve-
garde, qui laisse se répandre de pareils livres dans ses
écoles par montagnes d'exemplaires. Elle fait pire : elle
les contre-signe.

En effet, on lit dans le DICTIONNAIRE DES SYNONYMES

de mr Sommer, ouvrage approuvé par l'université, que
l'est est le point d'où souffle le vent du matin ; de sorte
que si, le matin, le mistral se trouve soufflant, le nord-
ouest sera l'est, et, pour obéir à mr Sommer, le soleil
ira se coucher à Constantinople.

Voilà donc l'Université de France complice de telles
espiègleries.

En fait de noms composés, à Napoléon Landais le
pompon. Ouvrez la dix septième édition de son dictionnaire portatif, vous y trouverez consignés

demi-aune, sergent-major, arc-de-triomphe, hôtel-de-ville,
grand-rue, grand-œuvre, grand-maître, bonnet-de-police,
garde-des-sceaux, clou-de-girofle, clin-d'œil, couteau-de-
chasse, corps-de-garde, fausse-alarme, faux-monnayeur,
fausse-monnaie, mezzo-termine, haute-paie, corps-de-logis,
juge-de-paix, etc·, etc.

Oui, pour si étranges que paraissent ces citations,
elles sont exactes ; nous engageons nos lecteurs à s'en
assurer. Notons que Landais a intitulé son œuvre DIC-
TIONNAIRE DES DICTIONNAIRES, comme Théodoros, roi des
rois ! Malheureusement le soin de rédiger les ouvrages
classiques a toujours été laissé à d'anciens forts en
thème. Littré forme juste l'exception nécessaire à la
règle. Dans de pareilles conditions, quelle connaissance
de la langue littéraire peut-on attendre? On ne trouve pas
même chez eux la logique.

Lisez ces naïvetés de Landais :

essuie-mains *s· m·* linge pour essuyer les mains (17ᵉ éd·, p· 219);

marche-pied *s· m·* marche sur laquelle on pose les pieds (p· 341);

porte-fer *s· m·* étui d'une selle où on met des fers de cheval (p· 423);

porte-feuilles *s· m·* carton plié en deux où on met des papiers (p· 423).

Quelle logique ! Un *porte-fer*, sans s, quoiqu'il renferme des fers ; un *porte-feuilles*, avec s, parcequ'il renferme des feuilles ; un *essuie-mains*, avec s, parcequ'il sèche les mains ; un *marche-pied*, sans s, quoiqu'il supporte les pieds.

Après ces diverses démonstrations on voit combien les tipographes sont blâmables, quand ils écrivent libraire-éditeur, rédacteur-gérant, avocat-avoué, marchand-tailleur, etc. Ce sont là des expressions où le second substantif pris adjectivement qualifie le premier, comme dans *roi pasteur*, *roi philosophe*, *pomme reinette*, *cardinal évêque*, *cheval étalon*, *médecin accoucheur*, *chien mouton*, *train omnibus*, *femme poète*, etc.

Est-ce que si leur libraire-éditeur était en même temps imprimeur-lithographe, ils oseraient pour être conséquents écrire libraire-éditeur-imprimeur-lithographe ? Ce serait absurde.

D'autres personnes remplacent maladroitement la conjonction *et* par un trait et mettent *imprimerie-litho-graphie de Cauvin, ministère Dufaure-Decaze*, etc. C'est bien piètre.

L'abus le plus étrange que nous ayons vu se trouve dans un frontispice de livre où on lit TRAITÉ DES DONATIONS ENTRE-VIFS, par Démolombe. Un *entre-vif*, comme une entre-côte !

. Une chose nous console : le public avec son gros bon sens comprend la véritable constitution des noms composés ; il supprime le plus grand nombre des traits d'union et il écrit presque toujours avec raison :

portefeuille, pourboire, plateforme, portefaix, porteplume, portevoix, gardefou, gardemanger, garderobe, passeport, passetemps, passevelours, mangetout, poussepied, tireligne, tirelire, tirebouchon, etc.

Les auteurs n'ont qu'à favoriser cette généreuse tendance. Le ministre capable de décréter une grammaire nationale viendra ensuite. Déroulons le ruban vert de l'espérance.

Pluriel des noms propres :

La définition qu'on donne ordinairement du nom propre est assez drôle : « un nom qui ne convient qu'à une seule personne ou à une seule chose, comme *Alexandre, Vienne*, etc. » Nous connaissons plus de trente individus qui s'appellent *Alexandre*, et plusieurs villes qui s'appellent *Vienne*. En outre les chiens et les chevaux ne sont ni des personnes ni des choses, et cependant ils ont des noms particuliers.

Le nom propre est un nom qui s'applique à certains êtres et à certaines choses, pour les distinguer des êtres et des choses de même nature.

Alexandre est un nom propre, parcequ'il s'applique à certains hommes, pour les distinguer des autres hommes ;

Bibi est un nom propre, parcequ'il s'applique à certains chevaux, pour les distinguer des autres chevaux ;

Vienne est un nom propre, parcequ'il s'applique à certaines villes, pour les distinguer des autres villes.

Dans aucun cas, l'orthographe des noms propres ne peut varier, elle est sacrée ; ils ne prennent donc point la marque du pluriel.

Sur plusieurs Archiloque a coutume de fondre. L· Veuillot.

Les bambins des Greuze vivants, contemplaient le feu. P· Véron.

Tout ce qui précède ne s'applique ni aux Soutzo ni aux Mavrocordato. Ed· About.

L'Angleterre voulait avoir plusieurs Gibraltar. Thiers.

L'Italie possède beaucoup de Castel-nuovo. Guide.

La France a eu ses César, ses Ovide et ses Archimède. Raybaud. L'Aigle.

Rien, en effet, n'aurait été méconnaissable comme *Karr*, *Victor Hugo*, *Laly*, *Connubio*, *Tardieu* devenant au pluriel *les Karrs*, *les Victors Hugos*, *les Lalies*, *les Connubii*, *les Tardieux*, etc. La presse moderne a eu le bon esprit d'adopter cette règle absolue.

Francisation des noms propres :

A propos des noms propres, qu'il nous soit permis de glisser ici une observation que nous croyons juste, et de formuler un vœu patriotique.

Les noms de famille ont presque tous une teinte qui varie avec la nationalité. On dit « c'est un nom Italien, un nom Anglais, un nom Russe, un nom Polonais, etc.». Rien de plus juste, puisque pour chaque cas existent des désinences spéciales. Dans la pratique, peu à peu les noms propres sont soumis à cette loi commune. Ainsi un exemple peut être pris dans les Alpes-maritimes. Selon que les descendants d'une même famille se trouvaient établis sur la rive gauche du Var ou sur sa rive droite leurs noms devenaient *Allardi* ou *Allard*, *Roubaudi* ou *Roubaud*, *Tiranti* ou *Tirant*, *Costa* ou *Coste*, *Pellegrini* ou *Pellegrin*, *Massiera* ou *Massière*, *Davini* ou *Davin*, *Paglione* ou *Paillon*, *Vinati* ou *Vinat*, etc. De la sorte les populations obéissent à un sentiment et quand une exception se produit en quelque contrée, on est obligé d'en faire l'observation. C'est ainsi qu'il faut prévenir que le démocrate Jacobi appartient à l'Allemagne. C'est ainsi que beaucoup de personnes ont besoin de savoir que *Broglie* et *Waddington* ont été des ministres Français.

Le remède est bien simple. Il suffirait d'enjoindre au secrétaire des mairies de dresser les actes de naissance des enfants d'étrangers en francisant les noms des pères d'après un manuel uniforme et officiel. Pour les noms Italiens par exemple,

Romagnesi deviendrait		Romagnès, Romagnesy, Romagnese,
Ferraro	- -	Ferrare, Ferrarau, Ferrar, Ferrarot, Ferrarin, Ferraron,
Gavini	- -	Gavine, Gavin, Gavinit, Gaviny,
Malvano	- -	Malvane, Malvan, Malvanot, Malvant, Malvanau,
Pacelli	- -	Pacelle, Pacelly, Pacel,
Monti	- -	Monte, Monty, Mont, Montie,
Jacoso	- -	Jacose, Jacosat, Jacos.

Cette régularisation patriotique serait-elle une inovation ? pas même. Déjà les prénoms étrangers ont dans notre langue des correspondants adaptés à son génie. Déjà, au lieu de *Firenze, Napoli, Genova, Moscow, Mulhouseim, London, Marsilho, Sant-Estève,* etc·, nous disons *Florence, Naples, Gênes, Moscou, Mulhouse, Londres, Marseille, Saint-Etienne,* etc. Enfin, raison péremptoire, dans tout le midi de la France les noms propres d'hommes précisément se traduisent. Lorsque des paysans d'un village très reculé, incapables d'articuler la moindre sillabe Française, se présentent à la mairie pour y faire une déclaration de naissance, ils ont beau prétendre ce nommer *Oùbanéù, Oùrioù, Marsilho, Ravéù, Bouan, Irici, Massoboù, Reibaù, Crespoun, Loufouart, Mistraù,* etc·, le secrétaire fait la traduction et couche sur son registre *Aubanel, Auriol, Marseille, Revel, Bon, Alliez, Massebœuf, Raybaud, Lefort, Crépon, Mistral,* etc.

On le voit, ce que nous demandons est simplement la généralisation légale d'un usage partiel qui offre un intérêt de nationalité.

Terminons le chapitre par une observation patriotique. Quand des noms étrangers, vulgarisés par l'usage, sont conformes au génie du Français, on doit y donner une orthographe analogue : un *chal,* du *cok,* biftec, tunel, piquenic, vagon, villagiature *(villam agere),* élevage, kangurou, etc. Par contre, on doit éviter avec soin tous ces mots d'outre-Manche que colportent les précieux ridicules : Rail way, steamer, yachting, turf, trinkhale, etc. En France, ceux qui ne savent pas bien le Français, font semblant de parler Anglais.

L'Adjectif

Notons ici seulement l'erreur où tombent les personnes qui fesant maladroitement une exception à la règle des pluriels en *s* écrivent *un homme prudent, des hommes prudens, un bouquet charmant, des bouquets char-*

13

mans, etc. Aucun écrivain sérieux et jaloux de sa langue ne commet une semblable faute.

Comme dans les noms composés, le trait d'union, dans les adjectifs composés, a la propriété de tellement fondre entre eux les deux termes qu'ils forment un mot nouveau, et que le genre et le nombre ne se marquent qu'à la fin de celui-ci ; c'est du moins la règle qu'ont adoptée avec raison les écrivains contemporains.

demi-morte, demi-transparente, semi-officielles, fleurs semi-doubles, femmes léger-vêtues, soies clair-semées, fleurs frais-écloses, pêches frais-cueuillies, roses frais-épanouies, hommes nouveau-débarqués, nouveau-convertis, femmes ivre-mortes, court-vêtues, jument long-jointée, fille nouveau-née, enfants nouveau-nés, enfants premier-nés, oranges aigre-douces, enfants mort-nés, comédie mort-née, soldats ivre-morts, etc.

Nous avons vu une chèvre nouveau-née. Flammarion, DIEU.

Les demies heures. ═══ Voir p· 94, aux traits d'union fautifs.

De prime abord. ═══ Voir p· 111, idem.

Nue tête. ═══ Voir p· 112, aux traits d'union.

La feue reine. ═══ *Feu* est un adjectif comme les autres.

La feue reine, mes feus oncles, mon feu père. L'expression *feu la reine* est un solécisme du moyen âge qui s'est perpétué jusqu'à nous, grâce aux lingüistes qui

l'enregistrent soit pour l'admettre, soit pour le combattre. Les paysans du nord disent encore *plein ma cas-
quette, plein mes mains* ; c'est la même erreur. Que pen-
seriez-vous de *noble la reine, excellente notre impératri-
ce ?* *Feu* étant sinonime de *défunt*, on ne peut pas plus
dire *feu la reine* que *défunt la reine*.

A la sollicitation de feue l'excellente lady feue la comtesse
d'Eglofstein. Léon Pilatte, LA VIE A NICE.

N'oublions pas de stipuler que les adjectifs de nombre
cardinaux se placent toujours avant le nom, et que les
adjectifs de nombre ordinaux exigent toujours l'article.
Les gens qui disent *francs cinquante* ne pèsent pas onces
deux dans la balance du bon goût, ce sont des baragui-
neurs. Les amateurs de courses qui disent *bibi est arrivé
premier*, sont de maquignons et non des gentils hommes.

Adjectifs propres :

Nous appellons adjectif propre celui qui s'ajoute invariablement à certains êtres ou à certaines choses pour y
tenir lieu de nom propre.

En dehors de cette définition générale, on peut dire,
quant aux mots non compris dans le dictionnaire, qu'un
adjectif propre est celui qu'on forme d'un nom propre
pour donner à des noms communs quelque attribut de
ce dernier :

iles Ioniennes, rue Mazarine, jeux Olympiques ;

et, quant aux mots compris dans le dictionnaire, qu'un
adjectif propre est celui qui est appliqué invariablement
comme nom à certaines choses déterminées :

mer Rouge, fleuve Jaune, le lac Salé.

Voilà les deux formes sous lesquelles se présente
l'adjectif propre ; voilà aussi des exemples auxquels
tous les grammairiens et tous les tipographes accordent
la majuscule. Eh bien ! nous demandons pourquoi ces
messieurs s'obstinent à la supprimer dans des mots ab·
solument identiques, tels que *peuple Français, rivière
Argentine, verve Rabelaisienne, armée Juariste.* Ne
sont-ce pas là des adjectifs propres ? S'ils écrivent *mer
Rouge,* de peur qu'on ne confonde avec *une mer rouge,*
ne doivent-ils pas écrire *rivière Argentine* de peur qu'on
ne confonde avec une *rivière argentine* ? (*) Nous défions
les partisans les plus entêtés des minuscules d'oser
écrire sans A ni G les phrases que voici: « *j'ai vu de très
beaux et très riches navires à Marseille, mais le plus
riche était un navire Argentin ; il y a en Suisse une
république Grise.* » Nous les défions de traduire une page
d'italien, sans que l'absence de la majuscule ne les force
à chercher inutilement dans le dictionnaire quelques
uns de ces mots dont l'apparence commune est si trom-

(*) Les Anglais, avec leur esprit pratique, ne manquent pas
d'écrire *the French people, the English tongue,* etc.

pense : *una villà bella, una cilla svizzera, una nave nuova, nave egizia,* etc.

Nous défions un Anglais non instruit de nous dire ce qu'est *une verve rabelaisienne,* voire après qu'il aura feuilleté cent vocabulaires français à la lettre R.

Nous défions qu'on nous trouve un enfant capable d'expliquer ce qu'est *une armée juariste,* s'il ne voit pas le majuscule à *Juariste.*

Quoi ! messieurs, pour faire distinguer entre toutes les mers, la mer à laquelle l'épithète *rouge* est spéciale-ment appliquée, vous mettez une majuscule à l'adjectif commun *Rouge,* vous élevez le mot *Rouge* à la dignité de mot propre ; et, quand le mot est déja propre par lui-même, quand il s'agit de faire distinguer entre tous les peuples le peuple auquel l'épithète *Français* est spéciale-ment appliquée, vous faites l'inverse, vous enlevez la majuscule. Oh ! par grâce, ayez pitié des étrangers, ayez pitié des commençants, ayez pitié de la logique.

Rouge est la qualification propre d'une mer, *Français* est la qualification propre d'un peuple : il n'y a pas de différence, il n'y a pas de milieu.

Un jour, au collége, dans une version Grecque, à propos d'un adjectif propre dicté sans majuscule, tous nos condisciples et nous-même avions fait le même contre-sens. « Comment ! » nous dit le lendemain le

professeur « vous n'avez pas vu que c'est là un mot
propre : vous êtes tous des nigauds. » — « Les nigauds sont ceux qui ne mettent pas de majuscules
aux mots propres » nous écriâmes-nous. Le professeur
dut sentir qu'il avait tort, car il nous donna immédiatement un pensum de cinq cents vers de Virgile.

C'est de ce jour que nous jurâmes d'obtenir plus tard
pour les adjectifs propres le droit incontestable de grammaire.

Le pronom

Les pronoms relatifs sont ceux qui indiquent le rôle
que les êtres ou les choses jouent dans la conversation.
Les grammairiens les appellent personnels. Cette définition a le tort d'embarrasser les écoliers ; les quels en
parlant d'une table, sont obligés de dire : « elle, pronom
personnel de la troisième personne ». Une table, singulière personne !

Les pronoms relatifs *leur, lui, eux, elle, elles,* employés comme régimes indirects, ne s'appliquent qu'aux
êtres; pour les choses on doit se servir de *en* et de *y* :

Pour les êtres	Pour les choses
votre fille veut appren-dre le piano, je m'occupe-rai d'elle.	*vous m'apportez votre piano à arranger, je m'en occuperai.*

Pour les êtres	Pour les choses
ils me menacent, je me moque d'eux.	*si je me fais mal, je m'en moque.*
ces enfants veulent s'amuser, donnez-leur des joujoux.	*ma maison est petite, j'y ferai ajouter une aile.*
ce cheval a faim, donnez-lui du foin.	*si ce livre est bien fait, soyez-y favorable.*
ce cheval est rétif, n'approchez pas de lui.	*ces lettres sont mal peintes, j'y ferai repasser une couche de couleur.*

Cette règle est une de celles qu'on viole le plus souvent dans les discours et dans les écrits périodiques :

nous nous contentons de citer les chiffres, en *leur* laissant toute leur éloquence. PETIT JOURNAL de Paris.

ce sistème se recommande par la préférence qui *lui* a été donnée la première fois. Dufaure.

Messieurs Noël et Chapsal prétendent que ces mêmes pronoms indirects ne s'appliquent qu'aux personnes ; de sorte que d'après eux il faut dire « ce cheval est méchant, n'en approchez pas ; ce chien a faim, j'y donne à manger ». Le précepte vaut le professeur.

Les pronoms conjonctifs *le quel, la quelle, du quel, de la quelle, aux quels, aux quelles,* doivent s'écrire en plusieurs termes. Le génie des langues, sauf deux ou trois cas exceptionnels, n'admet point la variabilité des mots dans leur contexture. Ce sont là de véritables locutions pronominales mises pour *qui, que, dont,* etc. Leur com-

pacité abusive est encore un reste de l'inexplicable manie
des tipographes du xvi° siècle. Ceux-ci écrivaient également
et avec aussi peu de logique en un seul mot : *au-*
dit, *dudit*, *quelquesfois*, *ledit*, *parquoi*, *pource*, *ladite*,
desdites, *aucunesfois*, *souventesfois*, *èsquels*, *èsdites*, *dequoy*,
sondit, *lesdits*, *mondit*, *quantefois*, etc·, etc.

Le Verbe

Quiconque a enseigné une langue à des commençants
connaît les difficultés qu'ils trouvent dans les verbes.
Nous avons eu occasion, à une époque de notre jeunesse,
de donner des leçons à des étrangers ; or voici comment
nous en avions simplifié l'étude.

au lieu de mentionner des verbes passifs, nous disions
que la conjugaison passive est propre au grec et au latin et qu'elle n'existe pas en français ;

au lieu de commencer les conjugaisons par l'indicatif,
nous le faisions commencer par l'infinitif, vu qu'avant
de spécifier *je chante*, il faut savoir qu'il s'agit du verbe
chanter ;

au lieu d'énumérer des appellations incompréhensi-
bles comme aoriste, parfait, prétérit défini, plus que parfait, prétérit indéfini, etc·, nous donnions les noms mêmes des diverses périodes du temps :

au lieu de déclarer, à l'instar de tant de grammairiens, qu'il existe un quatrième passé qu'on emploie rarement, *j'ai eu chanté, tu as eu chanté*, nous le proclamions une richesse de la langue Française ;

au lieu des anciennes et trop nombreuses divisions des verbes, nous les classions en verbes directs, qui ont un complément, direct verbes indirects qui ont un complément indirect, et verbes absolus, qui n'ont pas de complément ;

au lieu d'arranger les temps au hazard puisque en français ils ne se forment point les uns des autres comme en latin, nous suivions simplement l'ordre cronologique.

Et véritablement nos leçons ont toujours profité.

SPÉCIMIN DE CONJUGAISON

MODE INFINITIF

Présent

Parler.

Passé

Avoir parlé.

MODE PARTICIPE

Présent

Parlant.

Passé éloigné

Ayant parlé.

Passé

Parlé, parlée.

Futur

Devant parler.

MODE INDICATIF

Présent absolu

Je parle, tu parles, il elle ou on parle, nous parlons...

Présent imparfait

Je parlais, tu parlais, il elle ou on parlait, nous parlions...

Double passé

J'avais parlé, tu avais parlé, il elle ou on avait parlé...

Antérieur au passé éloigné

J'eus parlé, tu eus parlé, il elle ou on eut parlé...

Passé éloigné

Je parlai, tu parlas, il elle ou on parla...

Antérieur au passé rapproché

J'ai eu parlé, tu as eu parlé, il elle ou on a eu parlé...

Passé rapproché

J'ai parlé, tu as parlé, il elle ou on a parlé...

Antérieur au futur

J'aurai parlé, tu auras parlé, il elle ou on aura parlé. .

Futur

Je parlerai, tu parleras, il elle ou on parlera...

MODE CONDITIONEL

Présent absolu

Je parlerais, tu parlerais, il elle ou on parlerait...

Passé

J'aurais parlé, tu aurais parlé, il elle ou on aurait parlé...

MODE SUBJONCTIF

Présent absolu

Que je parle, que tu parles, qu'il qu'elle ou qu'on parle...

Présent imparfait

Que je parlasse, que tu parlasses...

Double passé

Que j'eusse parlé, que tu eusses parlé...

Passé rapproché

Que j'aie parlé, que tu aies parlé...

Futur

Que je parle, que tu parles, qu'il qu'elle ou qu'on parle...

MODE IMPÉRATIF

Présent absolu

Parle, parlons, parlez, qu'il qu'elle ou qu'on parle...

Antérieur au futur

Aies parlé, ayons parlé, ayez parlé...

Il y a lieu de mentionner ici une règle relative aux verbes dont *re* formé la terminaison.

En 1866, sur la couverture de la troisième édition de nos PROMENADES DE NICE, nous avions mis comme épigraphe un mot gracieux qu'Auguste Luchet avait écrit dans le SIÈCLE : « heureuse ville qui a Alphonse Karr pour jardinier, Emile Négrin pour cicerone, et qui se plaind ! »

Ce troisième rôle du présent de l'indicatif, orné ainsi d'un *d*, donnait lieu assez souvent à de petites railleries de la part des hivernants. « Ho ! » disaient-ils « cet auteur qui ne connait pas la grammaire Française ! » A quoi nous nous contentions de répondre en souriant : « ho ! les grammairiens Français qui ne connaissent pas leur langue ! »

Une autre fois, dans le PHARE DU LITTORAL, monsieur Giraud, le savant et regretté professeur d'histoire du licée de Nice, s'écriait en tête d'un article : « Emile Négrin écrit *joind;* Victor Hugo, ainsi que Racine, écrit *joint* ». A ce rapprochement malicieux nous opposâmes quelques bonnes raisons qui furent goûtées, et nous les reproduisons aujourd'hui.

Voici d'abord la règle :

toutes les fois que la terminaison infinitive *re* de la 4ª conjugaison est précédée de deux consonnes, ces deux consonnes persistent au 3ª rôle singulier du présent de l'indicatif.

Cette règle que nous sommes le premier à fomuler, ressort de la simple inspection de tous les verbes de cette nature.

Morfondre	il morfond	Disjoindre	il disjoind
Fondre	il fond	. . . .	. . . .
Effondre	il effond	Démordre	il démord
Parfondre	il parfond	Remordre	il remord
. . . .	. . . .	Retordre	il retord
Tendre	il tend	Détordre	il détord
Défendre	il défend	Mordre	il mord
Condescendre	il condescend	. . . .	. . . .
Redescend	il redescend	Rompre	il romp
Pourfendre	il pourfend	Corrompre	il corromp
. . . .	. . . .	Derrompre	il derromp
Épandre	il épand	Interrompre	il interromp
Répandre	il répand	. . . .	. . . .
. . . .	. . . .	Ourdre	il ourd
Geindre	il geind	Sourdre	il sourd
Atteindre	il atteind	. . . .	. . . .
Aveindre	il aveind	Aherdre	il aherd
. . . .	. . . .	Perdre	il perd

Contraindre	il contraind	Reperdre	il reperd
Craindre	il craind	. . . .	. . . .
Plaindre	il plaind	Ardre	il ard
Complaindre	il complaind	Gardre	il gard
. . . .	. . . .		
Joindre	il joind	Vaincre	il vainc
Adjoindre	il adjoind	(*) Convaincre	il convainc
Conjoindre	il conjoind	. . . .	. . . .
Déjoindre	il déjoind		

L'examen seul de ce tableau est une démonstration.

On peut ajouter *il moud, elle coud ;* autrefois on écrivait même *il void.*

Cette terminaison en *d* avait été adoptée par nos pères pour rappeler l'infinitif d'une manière heureuse et logique. N'est-ce pas faire œuvre méritoire que de la résusciter ?

Le *t* est sinonime du *d* dans les terminaisons : *grand thomme, différend tennuyeux, pied-tà-terre,* etc.

En poésie le *t* rime avec le *d.*

Pour les dérivés, *pied* donne *piéton, piétinement,* etc.

Dans la pratique, il y a autant de gens qui écrivent *verd, un différend,* que de ceux qui écrivent *vert, un différent.*

(*) Notre lectrice nous a dénoncé dans le PETIT JOURNAL de Paris du 23 de juin 1873, l'énormité que voici : « on se convainct facilement ». On ne saurait monter une ignorance plus patente du mécanisme de notre langue.

Ses lèvres trémoussent et souvent il les mord. A· Paré.
Lors il crid « pitié ! la gorge m'ard ». Lafontaine.
Pauvre Henri, la victime l'attend. Dorat.
Ne répond rien, croit que Henri s'amuse. Id.
De mousse un beau tapis verd. Piron.
L'automne a sur son front tressé des pampres verts. Delille.

Au reste, cette règle n'existerait-elle pas, que nous devrions la forger ; car, de la sorte, *il mord* se distingue de *la mort*, *il fond* de *ils font*, elle *pond* du *pont*, *il vend* du *vent*, *il teind* du *teint*, *il joind* du *joint*, *il poind* du *point*, *il tord* du *tort*, *il ard* de un *art*, etc.

Nous devons dire encore que le mécanisme des verbes s'oppose à la variation des radicaux : qu'ainsi, après avoir écrit

je rend s	*nous rend ons*
tu rend s	*vous rend ez*
il rend t	*ils rend ent*

si on éprouve le besoin de supprimer l'une des deux lettres sinonimes *d* et *t*, on ne peut toucher à celle qui constitue l'ossature du verbe *rend*. Variez, tant que vous voudrez, la toilette d'une femme, vous ne pouvez lui couper un membre.

Le dit, la dite. === Beaucoup de tipographes conservent la singulière habitude de souder l'article au participes du verbe *dire*. Autrefois on réunissait ce dernier à tous les monosillabes qui le précédaient :

audit, dudit, ledit, ladite, lesdites, desdites, auxdites, sondit fils, èsdits endroits, sadite fille, mondit seigneur, etc.

il n'y avait pas de raison pour cela, il n'y en a pas plus maintenant. On chercherait en vain dans un dictionnaire les mots *ledit*, *ladite*, etc.

Les notaires écrivent « le dit acquéreur », ils ont raison. *Le* est un article masculin singulier déterminant *acquéreur; dit* est le passé du participe du verbe direct *dire*, signifiant *désigné, nommé, énoncé*, et déterminant également *acquéreur:* où a-t-on jamais vu que l'article et l'épithète ne doivent former qu'un mot ? Ecrire *ledit témoin, ladite somme* est aussi grotesque qu'écrire *lefaux témoin, lagrosse somme, lenommé Bernard*, etc. D'autant plus que les mêmes tipographes écrivent partout et toujours : *le susdit témoin, la susdite somme.* Est-ce que par hazard, il y aurait une différence entre *le dit* et *le susdit ?*

La grande éclipse de soleil qui arriva le 12 de may de dite année. Jean Chessex De Veraie, 1706.
Armoiries qui furent anciennement accordées aux dites villes. Louis De Bresc, ARMORIAL DES COMMUNES DE PROVENCE.

Les lettres ci jointes. === Quand *ci-joint, ci-inclus* précèdent le nom, ce sont des adverbes composés invariables comme *ci-dessus, ici-dedans, ici-bas*, etc ; mais, quand ils suivent le nom, ils s'accordent, et par suite, devenant susceptibles d'analise grammaticale, se dédoublent. *Ci* redevient adverbe, abréviation de *ici*, et *jointe* redevient le passé du participe du verbe direct *joindre*.

Vous trouverez ci-joint quatre lettres.
Ci-joint vous trouverez quatre lettres.
Les quatre lettres que vous trouverez ici jointes, ci jointes, ici renfermées, ci renfermées, ici incluses, ci incluses.

Y comprise. === La préposition *y-compris* est dans le même cas. Avant le nom elle est invariable :

Ils furent tous tués, y-compris la femme ;

après le nom, elle se dédouble et s'analise :

Ils furent tous pendus, la femme y comprise.

Bénie, bénite. === Le verbe *bénir* a deux passés de participe : *béni, bénie,* pour les êtres ; *bénit, bénite* pour les choses. Devant la simplicité de cette distinction que nous établissons, toutes les théories des grammatistes passent à l'état de discussions Bizantines. En conséquence, au grand poète qui a fait rimer *la porte bénie* avec *harmonie,* nous n'accordons pas même l'excuse d'une licence poétique.

Eau bénite, vous êtes bénie entre toutes les femmes,
Sur la montagne de Garizin que les Samaritains croyaient bénite. Bossuet, Discours.
Il consentait à être béni, consacré, mais pas à être couronné. Thiers.
Les tombeaux où reposaient leurs cendres bénites. Bossuet.

C'était en Jésus Christ que toutes les nations devaient être bénies et sanctifiées. Idem

Assumer sur soi. == Les journalistes et les orateurs tendent de plus en plus à supprimer la préposition *sur* qui doit accompagner le verbe *assumer*. C'est une faute. C'est regrettable. Cela se comprendrait un peu si *assumer* se rapportait toujours à la personne qui parle ; mais on on dit également *j'en assume sur vous toute la responsabilité, ils assumeront sur eux la réussite.*

Mesurer. == Ce verbe est toujours direct : on mesure une étoffe. Avec le sens absolu, il n'est pas français. Ayons soin de dire : *ce champ a 2,000 mètres.*

Nous pourrions multiplier à l'infini ces citations de verbes dont l'emploi véritable est contrarié. Nous en avions pris en notes une longue série pour notre GÉNIE DE LA LANGUE FRANÇAISE, mais ce n'est plus ici le cas.

L'Adverbe

En français, les adverbes dérivés des adjectifs se forment en ajoutant *ment* au féminin de ces adjectifs :

bon	*bonne*	*bonnement,*
sot	*sotte*	*sottement,*
bénin	*bénigne*	*bénignement...*
gai	*gaie*	*gaiement,*
ingénu	*ingénue*	*ingénuement,*

vrai	*vraie*	*vraiement...*
fidèle	*fidèle*	*fidèlement,*
sincère	*sincère*	*sincèrement,*
sage	*sage*	*sagement...*
lent	*lente*	*lentement,*
présent	*présente*	*présentement,*
violent	*violente*	*violentement* (A· Paré),
récent	*récente*	*récentement* (A· Paré).

Dans cette dernière catégorie d'adjectifs, l'oreille a exigé peu à peu qu'on changeât *ntement* en *mment*; mais pour tous les autres le principe persiste. Il s'en suit qu'on doit écrire *joliement, senséement, conformément, profondément, précisément, carréement, uniformément,* etc.

Conformément du féminin *conforme* est aussi ridicule que *sincèrément* du féminin *sencère*, etc. *Précisément* du féminin *précise* est aussi peu Français que *parfaitement* du féminin *parfaite*, etc.

C'est en poésie seulement qu'on écrit par licence « gaîment, joliment, sensément, vraiment, gentiment, poliment, etc· »

Toute honteuses. ═══ Dans toutes les langues l'adverbe est un mot, invariable. En français l'invariabilité des adverbes est également absolue. Comment est-ce possible alors que les pédagogues aient proclamé que l'adverbe *tout* s'accorde devant les consonnes initiales des adjectifs féminins ? Dans cette phrase *elles sont restées toute dé oncertées* qui est pour *elles sont restées entière- ment déconcertées*, le *e* ajouté à l'adverbe *tout* est sim- plement un *e* euphonique qui empêche la dureté de *elles sont restées tout déconcertées*. En faisant accorder *toutes*, il semble qu'on veuille dire *omnes*; ce qui est une équi- voque. De préférence à un accord si ridicule (*) et si amphibologique, Féraud voulait qu'on dit *tout déconcer- tées*. Ni Féraud, ni les faiseurs de grammaires officielles n'avaient réfléchi à la nature euphonique de cet *e*. La langue française en possède ainsi plusieurs qu'on ajoute ou supprime à volonté :

encor encore, zéphir zéphire, dam! dame!, bast! baste!, granit granite, cachemir cachemire, belvéder belvédère, etc.

Elle en possède même d'autres qui persistent toujours à la prononciation, quoiqu'ils ne s'écrivent jamais :

vingte deux, vingte trois, vingte sept, dixe huit, dixe neuf, dixe sept, vingte quatre, etc.

Tantôt. ⸺ N'en déplaise aux parisiens, *tantôt* mar- que l'instant passé, *tout à l'heure* l'instant à venir : J'y ai été tantôt, j'y retournerai *tout à l'heure*.

Voire. ⸺ Dans la bouche de bien des gens, *voire même* n'est qu'un ridicule pléonasme.

(*) On en trouve des exemples chez les vieux auteurs :
« Avec une ardeur tout pleine de transport ». CASSANDRE, 1651.

Aujourdhui. ⟹ Le jour présent s'exprime en français par les locutions adverbiales *ce jour d'hui*, *le jour d'hui*, *au jour d'hui*, ou par le mot unique *hui* qu'on emploie encore dans le stile Marotique. Si de la locution *au jour d'hui* on veut faire un adverbe compacte, on doit nécessairement compléter la compacité et écrire *aujourdhui*. C'est ainsi que de *n'a guères* on a fait *naguères*; que de *au par avant* vient *auparavant*; de *d'ore en avant*, *dorenavant*; de *à l'entour*, *alentour*, etc.

Peutêtre. ⟹ Voir p· 122, aux traits d'unions fautifs.

Très bon. ⟹ Voir p· 107, aux traits d'unions fautifs.

Si bon, tant aimé. ⟹ *Si*, qui marque une extension superlative, ne s'emploie que devant les adjectifs et les adverbes; avec les verbes, les noms et les participes on se sert de *tant*. Avis à messieurs les journalistes.

Il embrassait cette vie pastorale tant renommée. Bossuet.
Pour être le père du Messie tant promis. Id.
Cette Constitution tant vantée avait donné la révolution
    Française. Thiers.
Brise-toi lire tant aimée. Lamartine.
La voilà donc cette nature tant chantée. J· Janin.

Par fois. ⟹ C'est à tort qu'on imprime *par fois* en un seul mot. Il n'y a aucune différence entre *par fois* et *par moments*; c'est une expression adverbiale et non un adverbe.

Les Italiens disent : *una volta, due volte, per volte*, etc.

Nous disons ailleurs :, *chaque fois, toutes les fois, certaines fois, toutes et quantes fois, une fois, plusieurs fois, quelques fois, mainte fois, souventes fois, mainte et mainte fois, il y a des fois qu'il se trompe, il y avait une fois une fée*, etc.

Trente-huit fois déjà je t'ai vu reparaître,
Depuis que mes parents pour la première fois... Ed· Arnould.
De sa verve un peu mijaurée
Certaines fois forçant le cours. L· Veuillot.

Il faut excepter *toutefois* qui signifie *néanmoins*, et *autrefois* qui signifie *jadis*. Ces deux mots ont la consonnance identique, mais n'éveillent aucune idée de chose divisible par fois, par coups, par portions.

Non seulement. ═ Voir p. 114, aux traits d'union fautifs.

L'homme apprivoise non seulement les bestes domestiques mais aussi les sauvages. A· Paré, 1640.

La Préposition

Il existe plusieurs ouvrages où on a relevé et indiqué avec soin les fautes qui se commettent journellement contre la légitimité de telle préposition ou la propriété de telle autre. (Cheval à mon père, mal agir vis-à-vis de moi, etc.)

Nous n'avons que trois observations à consigner.

Au rez de chaussée. ═ Nous n'avons pas encore vu
un journal comprendre la différence qu'il y a entre *un
rez-de-chaussée à louer* et un *appartement au rez de
chaussée*. On met ici et là le fameux trait d'union.

Un *rez-de-chaussée* est un nom composé sinonime de
boutique. Vous n'avez jamais entendu un marchand dire :
« j'ai loué un *rez-de-sol* ». Le nom composé *rez-de-sol*
n'existe pas. Au contraire, on peut parfaitement dire :
« j'habite un appartement au rez du sol, au rez de la
rue, au rez de chaussée, etc· ». Là *au rez de* est une
locution prépositive.

Au dessus de. ═ Les locutions prépositives, étant
toutes de même nature, doivent être soumises à la même
orthographe et repousser uniformément le trait d'union.
Au niveau de, au près de, au dessus de, à l'encontre de,
en dehors de, au travers du.

Dont les sentiments étaient fort au dessus de son état. Sou-
venirs de madame De Caylus.
Un honneur que sa modestie lui faisait regarder comme au
dessus d'elle. Idem.
Elle voyait ses ennemis au dedans de ses murailles. Cassan-
dre, 1651.
L'air léger estant au dessous du feu. A· Paré.
Car il y a la fleur qui est au dessus et la lie qui est au fond.
Idem.

Entre autres. === La préposition *entre* garde toujours son *e* faible : *entre autres, entre-acte*, etc.

Entre amis, rien ne scandalise. Dorat.

La Conjonction

Nous le répétons encore ici, c'est dans les locutions adverbiales, prépositives et conjonctives que l'abus du trait d'union se manifeste outre mesure. Cela tient à ce que ni grammairiens ni lexicographes ne se sont donné la peine de définir les locutions de cette espèce.

Il faut partir de la donnée irréfragable que le dictionnaire d'une langue doit en renfermer tous les mots simples et tous les mots composés. Un mot qui n'a pas d'existence isolée et par suite n'est point mentionné dans le dictionnaire, ne peut en conséquence s'imprimer isolément.

Une locution adverbiale est le rapprochement de plusieurs mots ayant existence isolée pour tenir lieu d'un adverbe unique :

sur le champ	pour	immédiatement,
tout à fait	- -	entièrement.

Ainsi de la locution prépositive, ainsi de la locution conjonctive, etc. C'est donc la décomposition grammaticale qui donne la clef de l'orthographe.

Parceque. == Cette conjonction est toujours écrite *parce que* par les tipographes. Le son *parce* existe-t-il isolée-ment comme *chapeau, champ, lumière, attendu, excepté,* etc ? A-t-il une signification à lui ? Non. Donc *parce* n'est pas un mot, donc il ne peut entrer dans les diction-naires, donc il ne peut être imprimé à part, donc *parce-que* est une conjonction *sui generis.*

Parceque, en un seul mot, est la conjonction qui ré-pond à *pourquoi* ; par ce que, en trois mots, équivaut à *par cela que :*

pourquoi avez-vous fait cela ? parcequ'il m'a plu ; par ce que vous voyez, jugez du reste.

Cette orthographe est la plus rationnelle. A une idée simple de demande les Latins ont appliqué un mot sim-ple *cur* ; et nous avons fait nous aussi un seul mot de *pour* et de *quoi* ; à l'idée simple de réponse ils ont ap-pliqué le mot *quia*, nous devons donc aussi avoir le mot simple *parceque.* Cela est si vrai que nos pères écrivaient *parsque* ; cette conjonction n'offre qu'un terme dans pres-que toutes les langues :

en latin	*quia,*	en grec	διοτι,
en allemand	*weil,*	en anglais	*because,*
en italien	*perchè,*	en espagnol	*porque,*
en portugais	*porque,*	en roman	*pèrque ;*

et c'est, sans doute convaincu par cette nécessité philo-logique que Bossuet écrivait

C'est ce qu'on appelle époque, parcequ'on s'arrête là pour considérer. DISCOURS SUR L'HISTOIRE UNIVERSELLE, Masson, lib·, Didot tip·, 1836.

Je vous donne cet établissement du nouvel empire sous Charlemagne comme la fin de l'histoire ancienne parceque c'est là que vous verrez finir l'empire Romain. Idem.

Venger le sang de Naboth qu'ils avaient fait mourir parcequ'il avait refusé de leur vendre l'héritage de ses pères. Idem.

Est-ce bien sérieusement que les maîtres imprimeurs ont la prétention de mieux orthographier que Bossuet ?

A fin de. = Soit la locution conjonctive *à fin de*, la quelle est écrite *afin de* par les tipographes. Le mot *fin* existe-t-il isolement ? Oui. Donc *à fin de* n'est pas une conjonction monoterme *afinde*, mais une locution conjonctive comme *à cause de, dans le but de*, etc. Ce que démontrent victorieusement le pluriel des jurisconsultes *aux fins de*, et les vieilles tournures du langage *à celle fin de, à cellefin que*.

A fin que le passant servist de médecin. Ambroise Paré.
Et au reste, à fin que quelques trop sévères censeurs. Id·
Et à celle fin que les semences ne puissent germer. Id.
Clochettes lui osta à la fin qu'il ne fust repris. Gaffe De la Bigne.

Si. = La conjonction *si*, mise à la place de l'adverbe affirmatif *oui*, est une des belles innovations des romanciers modernes. Que cette prose leur soit légère ! La muse de Ronsard parlait grec et latin en français, eux ont voulu parler italien de la même manière. Ils seraient capables de déclamer Racine comme suit :

Si, je viens dans son temple adorer l'Éternel ;
Je viens, selon l'usage antique et solennel...

L'Interjection

Les interjections (ho !, houf !, etc·) et les locutions interjectives (hé bien !, tout beau !, etc·) n'exprimant que des cris de l'âme, ont besoin pour être analisées d'être réunies à une phrase. Il est donc bien puéril de vouloir établir une différence entre *ha !* et *ah !*, *ho !* et *oh !*, *hé !* et *eh !*, etc. Le *h* à la fin d'un mot Français ne signifie absolument rien. La logique demande partout et toujours des *ha !*, des *ho !*, des *hé !*, etc. Le *h* n'est là que pour marquer l'aspiration et empêcher les liaisons dans la lecture.

Livres spéciaux

Nous intercalons ici, sous formes de note, une liste assez étendue d'ouvrages sur la matière. Ceux de nos lecteurs qui portent à ces questions tout l'intérêt qu'elles méritent, pourront y recourir avec fruit.

Arnauld, 1612 ,   GRAMMAIRE GÉNÉRALE ET RAISONNÉE.

Arnoult, 1753,	SUR LA RÉFORME ORTHOGRAPHIQUE.
Autelz, 1576,	Polémique avec Meigret.
Barthélemy, 1812,	GRAMMAIRE DES DAMES.
Bastiou, 1814,	GRAMMAIRE DE L'ENFANCE.
Beauzée, 1789,	GRAMMAIRE GÉNÉRALE.
Behourt, 16ᵉ sˑ,	ABRÉGÉ DE LA GRAMMAIRE DE DESPAUTÈRE, longtemps célèbre.
Berthelin, 1780,	ABRÉGÉ DU DICTᵗ DE TRÉVOUX.
Blondin, 1832,	GRAM. DÉMONSTRATIVE.
Boinvilliers, 1830,	GRAMMAIRE.
Bouelles, 1553,	GRAMMAIRE.
Le Brigant, 1804,	OBSERVATIONS SUR LES LANGUES.
De Brosses, 1777,	TRAITÉ DE LA FORMATION DES LANGUES.
Budet, 1825,	GRAMMAIRE.
Callières, 1717,	TRAITÉ du bon et du mauvais parler. DES MOTS A LA MODE.
Caseneuve, 1652,	ORIGINE DE LA LANGUE FRANÇAISE.
Changeux, 1800,	BIBLIOTHÈQUE GRAMMATICALE.
Condillac, 1780,	GRAMMAIRE.
Dumarsais, 1756,	PRINCIPES DE LA GRAMMAIRE.
Gamaches, 1756,	LES AGRÉMENTS DU LANGAGE réduits à leurs principes.
Girard, 1748,	L'ORTOGRAPHE FRANÇAISE sans équivoque et dans les principes naturels.
Giraude Duvivier, 1832,	GRAMMAIRE DES GRAMMAIRES.
Guéroult, 1821,	GRAMMAIRE FRANÇAISE.
Lanalot, 1695,	GRAMMAIRE GÉNÉRALE ET RAISONNÉE
Lartigaut, 1716,	PROGRÈS DE LA VRAIE ORTHOGRAPHE.
Meigret, 1550,	TRAITÉ touchant l'écriture.
»	TRAITÉ de la grammaire Française

Ménages, 1692,	ORIGINES DE LA LANGUE FRANÇAISE.
»	OBSERVATIONS SUR LA LANGUE FRANÇAISE.
Mermet, 1602,	PRATIQUE DE L'ORTHOGRAPHE en vers.
Morel, 1812,	GRAMMAIRE.
Nicot, 1600,	TRÉSOR DE LA LANGUE FRANÇAISE.
Olivet, 1768,	ESSAIS DE GRAMMAIRE.
Oudin, 1653,	GRAMMAIRE.
Palsgrave, 1554,	L'ESCLAIRCISSEMENT DE LA LANGUE FRANÇOYSE.
Paul, 1809,	GRAMMAIRE.
Pomey, 1673,	GRAMMAIRE.
Ramus, 1572,	GRAMAIRE FRANSOÈGE.
Restaut, 1764,	GRAMMAIRE FRANÇAISE.
Richelet, 1698,	GRAMMAIRE FRANÇAISE tirée des bons auteurs.
Roubaud, 1792,	GRAMMAIRE.
Le Touche, 1696,	L'ART DE BIEN PARLER FRANÇAIS.
Vaugelas, 1650,	REMARQUES SUR LA GRAMMAIRE.
Wailly, 1801,	PRINCIPES DE LA LANGUE FRANÇAISE.
Walker, 1807,	DICT· CRITIQUE DE PRONONCIATION.

Conclusion

Nous espérons qu'après la lecture des pages qui précèdent, les Aristarque ne se récrieront point sur l'orthographe de quelques mots. Ils n'oseront nous gratifier d'épithètes plus ou moins expressives. Peutètre par la

nouveauté et par la justesse de nos aperçus de lingüistique seront-ils amenés à partager notre avis.

Notre langue est grevée d'une foule d'irrégularités
bêtement introduites, bêtement reçues, et encore plus
bêtement conservées. Dès lors, ont successivement appa-
ru des novateurs qui ont voulu tout redresser ; mais,
pour avoir dépassé le but, ils ont failli : on doit compter
un peu avec les faits acquis, et avec la misère de l'esprit humain.

Ces novateurs ont porté aux questions philologiques
le même tort que les poètereaux portent à la poésie : le
mauvais a fini par engendrer le dégoût du bon.

Tous ont voulu simplifier notre langue ; or celle-ci,
sous peine de mutilation, ne peut être simplifiée. C'est ce
qu'ils ne veulent pas comprendre.

« L'écriture ayant été inventée pour représenter les
sons, les mots doivent s'écrire comme ils se prononcent. »
Voilà le point de départ de certains critiques. Il est
exact en théorie ; mais en pratique où nous mènerait-il ?

lé fam zé lé zom fure créé pour s'émé résiproqeman.

Qui voudrait de cette orthographe sans points d'appui ?

D'autres critiques, raffolant de l'étimologie, veulent
que rien n'échappe à son joug :

les femes sont cholères come les homes.

En vérité, ceux-ci paraissent faire la guerre pour beaucoup moins qu'un coup d'éventail.

Nous nous défendons de toutes nos forces de vouloir tenter des simplifications de ce genre.

Quelques régularisations, c'est bien différent.

Nous en introduisons plusieurs dans nos travaux ; et nous laissons chacun libre de ne pas nous imiter ; nous n'avons qu'une ambition, celle de faire dire par les gens sensés : « en tant que philologue, ce poète n'est pas si fou ».

Par exemple, on écrivait au siècle dernier

coëffeur, boëte, goëland, goëlette, poële, etc;

et on prononçait comme tout le monde prononce aujourd'hui

coiffeur, boite, goiland, goilette, poile, etc ;

si donc nous écrivons

coiffeur, boite,

nous devons continuer d'écrire

goiland, goilette. poile, etc.

Ou tous blancs, ou tous noirs. Il n'y a pas de milieu.

Un auteur pourra se permettre de corriger encore les écarts d'orthographe qui blessent l'analogie ou le génie de notre langue.

Soit les mots *ainsi* et *saison.* On peut les écrire d'une foule de manières :

ènsi, insi, inçi, ainsi, énci, ènssi, etc ;
céson, séson, saizon, çaison, çaizon, etc.

Le paysan, n'écoutant que son oreille, adoptera l'une quelconque de ses formes ; l'homme instruit sera obligé de garder la forme reçue. Nous savons bien que c'est le caprice le plus absolu qui a présidé à l'adoption de telle forme ou de telle autre ; mais c'est surtout cette forme qui constitue l'orthographe inébranlable, essentielle, intrinsèque, que nul ne peut changer, et contre la quelle se briseraient tous les novateurs, eussent-ils le génie de Victor Hugo.

Les lexicographes vont même jusqu'à enregistrer deux formes différentes, plutôt que de permettre qu'on touche à l'arche sainte :

spée cepée, sponton esponton, lesse luisse, cymaise simaise, cirsakas sirsacas, saurel sorel, lauréador toréador, etc.

Ce raisonnement prouve très bien qu'on n'a pas le droit d'écrire *çardine* parceque *sardine* (*) est l'orthographe consacrée, et parceque cette orthographe ne viole aucun principe de notre belle langue.

Au contraire, quiconque a la cervelle bien pétrie comprend qu'il faut écrire *savon dissout,* parcequ'au féminin on écrit *couleur dissoute.* Raison d'analogie.

Voltaire, à qui nous sommes redevables des terminaisons en *ais* substituées aux terminisons en *ois*, Vol-

(*) Voir tome IV, p. 16.

taire a montré bien peu de science de la langue, quand il a essayé de supprimer le *p* du mot *temps*.

Il était sans doute ennemi de ce que beaucoup de gens appellent les lettres inutiles. Ne sont lettres inutiles que celles qui font mal prononcer. *Temps, poids, vingt, doigt, poing*, etc·, sont des mots tout à fait dignes d'une langue savante et qui remémorent agréablement leur classique berceau.

Si Voltaire avait eu égard au mécanisme de sa langue, il aurait supprimé le *s*, au lieu du *p*,

1° parceque le *s* ne se prononce pas plus que le *p*,

2° parceque le *s* forme la queue du mot,

3° parceque le *s* constituant la marque du pluriel, il y avait avantage à le retrancher d'un substantif singulier,

4° parceque la loi puissante des dérivés donne *temporel, temporiser*, et non *temorel* ni *temsorel*.

C'est dans ce sens que nous avons dirigé nos efforts. Nous avons toujours tenu bon, nous gaussant des critiques injustes. Nous continuerons à conformer nos éditions à nos idées. Ha! si Dieu nous avait donné plus de talent, si nous avions acquis plus de science, ou si nous avions voix au conseil de l'instruction publique, comme seraient vite rectifiés et régularisés tous ces livres écolaires! comme serait vite exécuté ce redressement qui sourit aux esprits logiques et qui enthousiasme les étudiants ! comme serait favorisée cette noble tendance d'épuration philologique qui se montre en Italie et en France ! comme on aurait vite cette langue parfaite que les siècles ont déclarée impossible ! comme nous voudrions qu'une qualification si flatteuse s'appliquât à notre langue Française « la plus belle langue après celle de Dieu », ainsi qu'aurait dit Grotius !

Dicté et coordonné en février 1875.

CONTE I

L'HOMME ET LA BÊTE

—

« Dieu seul est grand » s'exclamait Massillon,
En commençant la funèbre oraison
Du vieux mari de madame Scarron,
« Dieu seul est grand » : mot juste. Ces histoires
D'évocateur, de djins et de sorciers
Dont le pouvoir s'arrête aux bénitiers
Sont en effet de pures balançoires,
Où voire sont venir qu'aux écoliers
Maîtres ont tort de verser goutte à goutte.
Or à celui qui me lit ou m'écoute

Je le confesse et le dis franchement :
C'est là fournir un piteux aliment
A la raison d'être qu'à peine on sèvre.
On va tourner l'argument contre moi,
En doute on va mettre ma bonne foi,
On va crier « n'êtes-vous point orfèvre ? »
Orfèvre, soit, mais bien peu de bijous.
Charles Perrault, à la première enfance
En ne servant qu'ogres et loup-garous,
En a faussé souvent l'intelligence.
Vaut-il pas mieux avoir la souvenance
Pleine de traits qui s'adressent au cœur ?
Une fois homme, on en sera meilleur.
J'ai, quant à moi, toujours eu dans la tête
Le doux récit d'un dévoûment de bête
Que l'on m'a lu lorsque j'étais petit.
Peutêtre bien s'en souviennent aussi
Mes bons lecteurs. C'est motif pour qu'ici
A notre vrai soulas je le répète.

Un colporteur, parti de grand matin,
S'étant, à l'heure où le soleil fait rage,
Un tantinet écarté du chemin,
Avait goûté sur l'herbe et sous l'ombrage
Ce sommeil cher au piéton qui voyage.
L'avait son chien à sa destre imité,

Rien que d'un œil. Le court sommeil goûté,
Le voyageur remit sur son épaule
La lourde hotte, et bravement reprit.
En sifflotant des airs de godriole,
Le long feston par la poudre blanchi.
Le chien d'abord fit mainte cabriole,
A quoi le maître en maître répondit :
« A bas, Ouazir ; assez, Ouazir ». La bête
Jappait plus fort et fesait plus de fête,
Ouazir hurlant retournait sur ses pas,
Puis au galop revenait vers son maître,
Se dressait droit, le mordillait aux bras,
Le retenait par le bord de sa guêtre,
Semblait vouloir qu'il ne peut avancer,
Ou mieux voulait le faire rebrousser.
Plus n'y pouvait le hotteur rien comprendre.
Devinrent cris bientôt si violents,
Si vifs les sauts, si forts les aboîments
Que l'homme crut avoir à se défendre.
Par peur s'armant de son bâton ferré,
Il perça net l'animal effaré.
Le sang jaillit, et le chien fit entendre
Un râle empli d'une telle douleur
Que le frisson en vint au voyageur.
Ce râle était une voix de reproche.
Quand le marchand eut tourné le ravin,

Ouazir laissé pour mort, sentit enfin
Se réveiller en lui le noble instinct.
Il se traîna mourant de proche en proche
Jusqu'à l'endroit de leur repos, et là,
Simple héros du devoir, expira.
Pendant ce temps, silencieux et triste,
Continuait d'aller le compagnon.
Mais tout à coup, dans l'ample pantalon,
Il ne sent plus sa bourse de touriste.
O désespoir ! O terrible soupçon !
Il rétrograde à la hâte, il dépasse
Les lieux témoins de l'accident fatal,
Il suit de près la régulière trace
Qu'a faite au sol le sang de l'animal,
Et sans détour il arrive à la place
Où tous les deux avaient auparavant
Un brin dormi. Spectale attendrissant !
Couché du long et le nez en avant,
Le pauvre Ouazir semblait monter la garde.
Le colporteur en vain au tour regarde,
C'est sous le corps rigide qui trouva
La bourse en cuir. Hélas ! il n'osait croire
Qu'il eut commis erreur aussi notoire.
Il prit son front dans ses mains, et pleura.

Tel est le trait que retient ma mémoire.

Je le redis, lecteurs, en vérité,
Ce dévoûment, cette fidélité
Sont plus féconds pour la moralité
Que chez les Grecs la descente d'Orphée,
Ou parmi nous l'action d'une fée.
Qu'en pensez-vous? Vous pensez autrement?
Très bien ! chacun a son goût littéraire ;
Adonc lisez la BELLE AU BOIS DORMANT :
Certes cela ne moralise guère ;
Mais, pour les gens qui veulent se distraire,
Cela distrait... épouvantablement.

CONTE II

CINQUIÈME AUX MATHÉMATICIENS

Dès son berceau, la triste humanité
A cherché, cherche et cherchera de même
Jusqu'à sa tombe un quadruple problème :
Primò, de l'or faire à satiété,
Secundò, rendre un cercle bien carré,
Tertiò, tout guérir par baume unique,
Quartò, trouver l'introuvable bonheur.
« Rêves » dit-on. Hébien ! moi, je me pique
D'avoir l'ultième ores et sans sueur,
Si le bon Dieu veut remplir mon programme :

La liberté dans un modeste enclos,
Cent francs par mois que ma vaillante femme
Rendrait féconds, un enfant, des oiseaux.
Mon chien, ma plume et quelques bons journaux.
De plus vraîment que faut-il en la vie ?

. . . .

Quoi ! vous dormez lecteur ? ma théorie
Fecit dormire ? Oyez-moi, je vous prie.

. . . .

« Je disais donc hier soir au tribunal »
Qu'à rechercher le quadruple problème
Plus d'un mortel était devenu blême ;
Mais je n'ai là dit rien d'original.
Puisque l'on dort, tant pis pour l'alchimie !
Voyons si mieux Benoît réussira
A nous bailler cet original-là.

« Dès que les us veulent qu'on se marie, »
Pensait Benoît « que voire sans cela
Probablement point je ne serais là,
Je dois aussi contracter mariage ;
Mais je ne veux souffrir ni commérage,
Ni babil. Faut découvrir quelque part
Femme n'osant au sein de son ménage
Oncques parler si ce n'est du regard. »
Problème neuf ! défi pour la science !

Lors il courut et parcourut la France
Et tant courut en quête du phénix
Qu'il en perdit à la fin patience,
Et qu'il revint, jurant par saint Denis,
Dessous son toit savourer le silence.

Que voulez-vous ! Benoît était enclin
A sombre humeur ; il ne supportait brin
Ces niais propos que du soir au matin
Et du matin jusques au soir, les belles
Sur Pierre et Paul tiennent toujours entre elles.
On lui savait icelle opinion,
En lui sachant par contre un million,
Le quel toujours mille défauts rachette.
Qu'arriva-t-il ? Un malin Harpagon
Qui possédait gentille bachelette
La décida de faire la muette,
Puis à Benoît très dextrement alla
Répétailler contre le célibat
Tout un sermon de feu l'abbé Roquette.
Lors notre gars fit connaître sa foi.
« Ha ! » dit le vieux « ha ! monsieur De Benoît,
Raison avez : une femme bavarde
Est un fléau. Que le ciel vous en garde !
Mieux vaut rester éternellement coit
Que trop parler. Aussi je vous conseille,

Puisqu'à présent vous voici décidé
Avec Himen de faire un coup de dé... »
Se tut le vieux et se gratta l'oreille.
— « Conseillez quoi ? — le plus mince moyen
Qu'on puisse avoir de résoudre problème
Moult ardu. Crac ! tranchez le nœud gordien
Sancho l'a dit et Salomon de même :
Qui ne voudra femme qui parle prou,
Femme prendra qui parle pas du tout.
— Hébien ? — Hébien ! prenez une muette,
— Je l'avoûrai, jà dedans mon esprit
Semblable idée était venue ; aussi
Pouvez tenir la chose comme faite.
— Ha ! que ne suis-je assez riche ! — Pourquoi ?
— Ai demoiselle et jolie et honnête,
Ains par malheur ou plutôt par... ma foi !
Bonheur serait en telles occurrences
S'avait quibus — Hé ! n'en ai-je point, moi,
Pour deux, pour dix, voire pour les dispenses ?
— Pauvre, monsieur, mais muette — très bien,
Tope ! »
          Trois jours après cet entretien,
A la mairie apparaissait le couple.
Ainsi qu'un gant, l'Harpagon était souple.
Il craignait tant de ne pas réussir !
Le tricolore adjoint, pour les unir

Ayant d'abord lu certain paragraphe,
Dit à Benoît : « *mossieu,* l'acceptez-vous
Pour votre femme ? — « oui » répliqua l'époux
Qui signa l'acte avec un beau paraphe.
Le père avare en fut tout ébloui.
« L'acceptez-vous pour mari, *mamezelle ?* »
Lors ajouta le bleu-blanc-rouge. Icelle
Signa bien vite et puis répondit « oui ».

CONTE III

RIRA MAL QUI RIRA LE PREMIER

—

Si devers Toloso avez voyagé,
Avez entendu parler du Faget.
De ce conte est là prise mon étoffe.
Le curé du lieu, sage directeur,
Soit du dévotieux, soit du philosophe
Dirigeait si bien l'esprit et le cœur,
Qu'au grave fardeau que le pape impose
A peine ils trouvaient le poids d'une rose.
Tous allaient à vêpre indistinctement,
Parcequ'après vêpre, aux ieux du bon père,

Tous pouvaient danser sur la commune aire,
Et que voire, à fin de mieux leur complaire
Lui-même du bal payait l'instrument.
Lors à ce curé de Terre Promise
Qu'eût aimé Courrier ! disons seulement
Qu'il voulait toujours que dans son église
S'entendit passer la plus faible brise
Et voler le plus léger moucheron.
Le cher homme avait la prétention,
Lorsque dans sa chaire il fouettait le vice,
D'être sérieux plus que Massillon.
Il disait souvent que nulle malice
Du plus fin Grassot, pendant le sermon,
N'aurait le pouvoir de le faire rire.
Or tant le disait qu'on dût contredire.
En effet, le jour patronal du lieu,
Etait invité l'homme du bon Dieu,
Selon l'habitude, au festin du maire.
A la mi-dessert fallut bien parler
De componction. Lors une commère,
En riant déja, de le dérider
Au sermon prochain osa parier.
L'abbé consentit, certain de lui-même.
On mit pour enjeu des baignets. Survint
Fête de ne sais quel antique saint ;
Devait le prêcheur débiter un thème

A la fois Français, Gascon et Latin
Qu'il jugeait rival du fameux CARÊME.
Savez-vous quel fut le gai stratagème
Employé fort peu catholiquement ?
Ce fut un petit, petit lapin blanc,
La dame, placée au rez de la chaire,
Sous son chal tenait l'animal ; et quand
Le prêtre, dompté par l'instinct vulgaire
Qui fatalement pousse le trembleur
A considérer ce dont il a peur,
Tournait malgré lui les ieux vers la dame
Qui de ses regards point ne le perdait,
Petit lapin blanc soudain surgissait.

« Mes frères, l'avare est un être infâme ;
Saint Luc jadis... » *Zet !* petit lapin blanc !
« Je signalais donc l'horrible avarice... »
Zet ! le lapin blanc ! « le plus affeux vice... »
Vite le lapin ! « l'avare vraiment
Est un ennemi du gouvernement,
De dépense brin. Il prive les autres
De l'or, ce levier qui dans son bureau... »
Et la bête encor montrait le museau.
« Dans leurs actions voyez les apôtres,
Voyez Jésus Christ... » Voyez le lapin.
Les forces baissaient. L'humble théatin

Avait beau tousser à fin de ne rire,
Rire retenir était tel martire
Qu'Héraclite en pleurs, Jérémie en ire
Auraient là pouffé comme deux bossus.
Le Bridaine en vain à la juste flamme
Vouait les grigous, son discour diffus
Moins que les grigous semblait avoir d'âme.
Et toujours Jeannot sautait, et la dame
Toujours grimaçait. Pauvre parieur !
Plus n'y put tenir. Perdant la mémoire
Et la gravité, le prédicateur
Partit à la fin et de si bon cœur
De rire si franc que tout l'auditoire,
Quoiqu'il ignorât le fond de l'histoire,
Par contagion dut en faire autant ;
Doncque chacun rit, jusqu'au lapin blanc.

CONTE IV

LA FIN JUSTIFIE LE MOYEN

—

Existent de par ce bas monde
Une foule de débiteurs
Qui, lorsque le créancier gronde,
Au lieu d'écus donnent des pleurs.
Devant leurs plaintives alarmes
Qu'ils exagèrent avec soin,
Le créditeur qui n'y croit point
A la fin pourtant rend les armes,
Ne fût-ce que pour éviter
Un autre partiel déluge

Qu'un autre Ovide eût à chanter.
Dès lors pas d'huissier ni de juge.

Jean était de cet acabit.
Était ce Jean gars de village
Ayant épuisé le crédit,
Tout le crédit du voisinage.
« Commère, me-prêtez vingt francs. »
Prêtait-elle, Jean savait prendre,
Mais oncques n'arrivait le temps
Où Jean Sans-terre savait rendre.
De l'hiver remise au printemps,
Du printemps remise à l'automne,
Dette tournait et retournait,
Ainsi que rosaire de nonne.
Si la commère menaçait,
Jean vite, vite l'arrêtait
Avec son argument suprême :
Larmes susceptibles d'emplir
L'œuil monstrueux de Polyphème,
Cris susceptibles d'attendrir
Le terrible Isoard lui-même,
Tout Héraclite pour Barème.
Par suite de ce beau sistème,
Ses concitoyens nommaient Jean
Un obligé désobligeant.

Le curé, cela va sans dire,
Avait en proie à ce vampire
Jeté le premier ses gros sous ;
Mais, attendu qu'au dit jeune homme
Réclamer paîment était comme
Prêcher libéralisme à Rome,
Jean avait envoyé la somme
Aux cent mille .. comprenez-vous?

Un certain jour, le prolétaire
Besoin avait d'un peu d'argent
Pour payer sur commandement
Le dernier décime de guerre,
En avait besoin très urgent.
Il marche droit au presbitère :
« Salut, notr' curé. — Salut, Jean.
— Notr' curé, je suis moult en peine,
Les temps sont durs... » Ceci, cela,
C'est partout la même rengaine,
Quand on emprunte. Ce jour-là,
Le curé fit la sourde oreille,
Et sans être un docte prélat
Vous éconduisit à merveille
Le crédulissime roustaud.

Une église de leur hameau,

Saint-Christophe offrait un éco
Qui répétant tout dernier mot
Pouvait simuler un oracle.
« Faut bien questionner le Saint »
Dit le prêtre. — « Oui » dit le Jeanin
Qui cuidait moult à tout miracle
« A lui je m'en remets. » Soudain
Ils s'introduisent ès église.
Jean, les ieux grossis de surprise
Est mis rez l'autel, et l'abbé
Se place sous le mur courbé.

Illèc, n'en déplaise à l'usage,
Je trouve utile, amis lecteurs,
De faire parler mes acteurs
Dans leur véritable langage.
Le curé dit : « *Grand sant Cristoù?* »
Et le saint de répondre : « *où* ».
— « *Mèstre Jan, esti bouan pagaire?* »
Et le saint de répondre : « *gaire* ».
— « *Li poùadi prèstar quoùcarèn?* »
Et le saint de répondre : « *rèn* ».

CONTE V

UN CANNOIS ET SIX CANONS

—

Ne sommes plus en ce siècle divin
Où sans détour parlaient Horace et Perse :
Sur les auteurs procès pleuvent à verse,
Et s'ils sont quinze on en condamne vingt.
Me faut donc mettre un peu d'eau dans mon vin,
Et vous cacher les noms du personnage
Qui de ces vers est le héros. Je gage
Qu'à ces noms-là tenez précisément.
Tant pis ! Je puis déclarer seulement
Que mil huit cent quarante huit, c'est l'an,

Et que la scène où se joua la chose
C'est ce pays où Progné se repose
Durant janvier au milieu des citrons,
Qui sait guérir les rebelles phthisies
A force d'air, d'aromes, de rayons,
Qui voit les fleurs émailler ses prairies
Pendant que nous à Paris nous gelons,
Ce pays plein de joie et de délice,
Ce pays fils du soleil comme Nice,
Cannes enfin.

    A Cannes, sur les quais
Six gros canons en fonte noire et lisse
Furent un jour lentement débarqués.
D'une tartane aux vastes flancs arqués
Ils avaient seuls fait la charge grossie ;
Pour les hisser de la câle affaiblie,
Chaine, levier, cabestan et poulie
Avaient grincé, craqué, gémi ; les flots
S'étaient six fois reculés en furie ;
Et pour les mettre en rang dix matelots
Avaient sué quatre mois de leur vie.

Le soir, tous six côte à côte placés,
Lumière en bas, sans garde sont laissés
Comme apparaux frappés de quarantaine.
Et chacun songe à gagner son chez soi.

Adonc flaneurs, maire, agent du domaine
S'en retournaient causant du pauvre roi
Louis-Philippe et de la pauvre reine.
« Mais » s'écria certain fort de l'endroit,
Interrompant les propos « dites-moi,
Craignez-vous pas qu'un voleur ne les prenne ? »

CONTE VI

LE RÈGLEMENT DU GASCON

—

Un Gascon s'était marié :
Rien de rare, je le confesse.
Mais où notre Gascon fesait
Exception, c'est que, malgré
Le quibus dont crevait sa caisse,
Point ne voulait à son curé
Payer la nuptiale messe.
Depuis ses noces vainement
Il soupirait après l'enfant
Qui perpétuât sa lignée :

Voilà le motif simplement.
Sa bonne foi fut indignée
Du mensonge du Capelan,
« Ha ! *Sadis*, messire Jésuite,
Ha ! vous me promettiez, *Sadis*,
Dans votre langue hétéroclite
Le jour où je pris eau bénite,
Autant de bambins ès logis
Que la mer a de grains de sable ;
Et, n'en déplaise à vos grands mots,
D'être père encore je faux !
Sadis, c'est chose détestable,
Et de mes écus n'aurez brin,
Je vous jure. » Parole tint.

Après qu'épouse il eut en chambre,
Quatre fois ou peutètre cinq
Janvier avait suivi décembre
Sans qu'au presbitère revint.
Curé fut enfin las d'attendre,
Mais dans la crainte d'un esclandre
Onc curé n'osa s'adresser
A juge, autre amateur d'épices.
Pourtant ne pouvait renoncer
A légitimes bénéfices.
Que décida l'homme pieux ?

Armé d'un canon de l'église,
Il court chez l'avaricoux
Et lui crie en toute franchise :
« Paie ou je t'anathématise ».
— « Sans vous je puis aller aux cieux, »
Répart le Gascon « je m'en moque.
Pas n'est besoin de long colloque,
Puisque j'avoue ingénûment
Que je vous dois réellement.
Mais avant d'exiger l'argent,
On finit l'œuvre, ce me semble.
Attendez mon enterrement,
Et nous réglerons tout ensemble. »

CONTE VII

LES MÉDECINS PEINTS PAR EUX MÊMES

—

Illec se voit Vérité toute nue
Mieux qu'en son puits. Un nécromancien,
De qui l'adresse et le nom ne font rien,
Mais dont m'était la personne connue,
N'a pas longtemps, m'aborde en un recoin;
Et, m'isolant de tout fâcheux témoin,
Me dit : « O cher camarade d'enfance,
Tu sais combien la docte Faculté
Avec brocards a toujours insulté
Tel novateur d'elle trop redouté,

Et, pour jeter l'épée en la balance,
De quels propos elle a rempli la France
Contre Hahnemann, Raspail, Gall et Mesmer.
Hébien ! je veux te la faire connaître ;
Saisis ce tube, il t'apprendra peutètre
Qu'est le meilleur Gil Blas le plus expert
A dépouiller vit un corps de son âme.
S'un tantinet s'il sent fagot et flamme,
Ne sois surpris, il vient de Lucifer.
Or t'en servant de la façon voulue,
Sur l'objectif comme une page lue
Tu surprendras l'image de ces gens
Et percevras leur dire en même temps ».
Ès mien ami je crus voir un Bramine
A ce parler, je crus voir un sorcier,
Albert le Grand, Merlin ou Guillemine,
Et je faillis courir au bénitier.
Ains son départ fit cesser ma panique.

Donc, désirant l'essayer aussitôt,
Je mis à l'œuil la lunette magique.
Dieu ! quelle scène empruntée à Callot !
Mille docteurs qui, se faisant les cornes
Et se pressant, défilaient devant moi ;
Qui s'accusaient tous de mauvaise foi ;
Qui voulaient mettre aux clistères des bornes

On s'écrimaient comme des *English men*
A soutenir qu'on peut sans examen
Administrer clistères sur clistères ;
Qui, pour avoir air savant et profond,
De mots Chinois qu'ils ne comprenaient guères
(Chinois et grec sont deux langages frères)
Entremêlaient leur thème furibond.
Encore las ! à mes pauvres oreilles,
Comme lointain bourdonnement d'abeilles,
Vibrer j'entends cet *abracadabra* :
Hémiplégie, ostéomalaxie,
Hémiplexie, apepsie et phthisie,
Bradispésie, et hipocatharsie,
Antipraxie, histérie, asphixie,
Et disphagie, et blépharoptosie,
Hipérésie, et hipéresthenie,
Et dispepsie, et puis hémoptisie,
Et puis un mot qui céans entrera
Sans césure, histérotomotocie !

L'un me braquait son courroucé regard,
L'autre en passant tirait sa langue épaisse,
D'autres tout haut comme niais en confesse
Sur leur état daignaient jaser sans fard.
« Ha ! » disaient-ils « que d'êtres de mérite
Dessus ce globe auraient encore gîte,

Pas si n'avaient d'un fameux médecin
Tant cher payé le secour assassin !
Si Jean est mort, de Jean c'est le destin,
Répondra-t-on, et de par nos diplômes
Le droit avons d'occire ainsi les hommes,
Sans rendre compte à nul de nulle mort.
Faudrait au moins, quand sommes en présence
De moribond, que fussions tous d'accord
Sur les juleps qu'emploira la science
Pour l'envoyer bientôt au sombre bord :
Incertitude est fille d'ignorance
En pareil cas. Le-sachez donc enfin,
Tous nos *sulfi*, *surfates* et *sulfures*
Sont termes creux pour expliquer des cures
Où comme dans pompeux discours latin
Nous voyons clair, c'est du perlinpinpin.
Nous faisons long *docto nostro corpore*
Tout bonnement ; et vous, peuple naïf,
Tenez ensuite Hippocrate *in honore*
Et proclamez à la façon Baïf
Le *docteur*, *docte* et *doctime* Ryff.
Allons ! public, souffrez que l'on vous dise
. . . . »
Et vous, souffrez que je ne dise point,
Lecteur, où jusqu'alla cette franchise.
La Faculté me montrerait le poing.

Or je ne veux me brouiller avec elle.
Qui sait ? demain, pour une érisipèle
Si d'un docteur je n'aurai pas besoin ?

Mais quand quelqu'un, souhaitant en cachette
Voir tels que sont avocat ou nonnette,
Envie aura d'emprunter ma lunette
Plus clairvoyante et plus sûre qu'Argus,
Il peut venir frapper à ma chambrette
Et demander messire Emilius.

CONTE VIII

UN PRÉSIDENT

—

Vivait dans Aix un président; le quel
Comme Philippe eut le surnom de Bel,
Fors que cettui surnom ès compagnie
Ne s'appliquait que par pure ironie;
Car bel était de la même façon
Qu'autrefois fut dans Paris Pelisson
Et fut Le Kain. La docte babillarde
Aurait de lui redit en un pamphlet
Qu'il « abusait du permis d'être laid ».
Certainement ce juge en abusait.

Adonc voici son portrait, si vous tarde.
Un front conique et des sourcis touffus ;
Un nez gonflé, rubicond et camus,
Au tour duquel des nez supplémentaires
Du boule-dogue offrait les caractères ;
Louche, sans doute ; ajoutez que son teint
Pouvait avoir été blanc dans le sein,
Mais à coup sûr alors ne l'était guères ;
Dartres portout, avec taches de vin,
Plus des rousseurs, et de plus des verrues
Qui de poils gris se trouvaient revêtues ;
Sans compter fleur, cicatrice et bouton ;
Grêlé, Dieu sait. Pour comble d'infortune
Étant tombé dans un creux, à la brune,
Cet obligé disciple de Platon
Avait un peu disloqué son menton.
Quoi donc encore ? ha ! ne l'oublions mie,
Il bégayait : ce qui dans les discours
A son visage infligeait des contours
Qui même auraient fait rire Jérémie.
Pauvre monsieur Méduse ! Évidemment
Était garçon ; pareil signalement
Vous a prouvé de manière évidente
Qu'avait voulu nulle être présidente.

Ma voix faudrait, si je devais ici

Vous raconter les mille tablatures,
Les mille tours et les mille aventures
Qu'il essuya. Je trouve plus joli
De vous laisser deviner en ceci.
Quand on voulait plaisanter jouvencelle,
« Au président nous allons te donner »
Lui disait-on. Au fanfan qui grommelle,
Ou qui ne veut de soupe au déjeuner,
Ou qui se met les mains à la semelle,
Ou qui pleurniche, on disait au fanfan :
« Tais-toi, sinon gare le président ».
Pas il n'était jusqu'à la gent pendable
Qui redoutât de le voir à sa table.
Siéger le chef illustré du mortier,
Plus le craignant que parlement entier.

Quelle existence ! Et quel sort lamentable !
Recru de vivre, il geignait, soupirait,
Grognait, rageait ; il envoyait au diable
Vingt fois par jour le jour où le curé
Le fit chrétien ; et cinq ou six lexiques
Furent par lui brûlés comme hérétiques
Qui simplement citaient l'adjectif « laid ».

Cela connu, venons à notre histoire.
Certaine nuit, l'héritier Chasseneux

Sortant d'un bal où dessous tous les ieux
Avait bien eu son centième déboire,
Triste suivait une rue assez noire.
Soudainement s'élance devers lui
Un assassin qui fait tinter son arme
Et dit : « la bourse ou la vie ». A ce bruit
Loin de jeter dans le quartier l'alarme,
Loin d'appeler à l'aide son gendarme,
Le président ouvre et tend de longs bras
Et sur l'intru marchant à larges pas,
Œuil irité, mantel ouvert, il crie
D'un ton dolent et sourd : « Tiens ! prends ma vie,
Et d'un grand poids tu me délivreras ».

Si le voleur oyant cette sortie
Se mit à fuir, je ne l'ajoute pas.

CONTE IX

L'AMOUR DES BÊTES

—

Pas il ne faut s'attacher trop aux bêtes.
Existent gens plus ou moins gens de bien
Qui, pleins d'amour pour leur chat ou leur chien,
Verraient sans peine égorger un chrétien.
Icelles gens sont des gens malhonnêtes.
Faut un tantet porter d'affection
Aux animaux, mais de la loi Gramon
Vouloir parfois jusqu'au prix Monthyon
Les élever, mais d'une pension
Leur assurer gentillet bénéfice

Par testament, ce me semble injustice.
Tant je connais d'écrivains malheureux
Qui, sans mentir, le méritent plus qu'eux :
Moi le premier. Je me rappelle encore.
Ce char mœlleux que dame Roquelaure,
Pour promener chaque jour ses barbets,
Tout au travers de la cité d'Isaure
Faisait traîner par deux grands chevaux bais.
N'était-ce point braver l'espèce humaine ?
Quant au César de l'histoire Romaine
Qui fit nommer sénateur son cheval,
C'est qu'il prenait cettui pour son égal.
Par la sambleu ! pour acorte maîtresse,
Gardons amour et baisers, une ânesse
Entre nos bras vaudrait-elle un tendron ?

Sur ce, lecteurs, je vais à mon sermon
Exemple joindre. Il était ès Tolose,
Près du musée, un chien nommé Hion.
Dolent et sec comme un poème en prose,
Il inspirait aux passants moult pitié ;
Mais, tant appert que le cœur en impose,
Quoique tondu par le mal à moitié,
Du maître encor conservait amitié.
Ce maître-là dedans modeste échoppe
Vendait des cuirs, et, lorsqu'il vous parlait,

Croyant parler le français de MÉROPE,
Ces mêmes cuirs il vous les débitait.
« Pourquoi garder ci pareil quadrupède ? »
Dis-je en voisin un jour au vieux marchand
« Oncques n'ai vu créature aussi laide ».
— « Ou laid ou bel, il est craint du méchant ; »
Répondit-il, » sans lui, sans son courage,
N'a pas longtemps, derrière ce vitrage,
On m'eût volé quatorze mille écus. »
— « Quatorze mille ! ho ! plutôt moins que plus ! »
Lui répliquai-je. Imprudente parole.
Oser douter que chez lui le Pactole
Coule à pleins bords ! Par le barbon marri,
De ces mots gras que l'oreille appréhende
Et dont Gascon a si large provende,
Jugez comment je dus être agoni.

Donc cet âlon triste, malingre et sale
Pour le Nisus, débitant de roussi
A défaut d'autre était un Euryale.
Chaque matin, le patron bienveillant
Au serviteur baillait médicament ;
Et chaque soir, en lesse le tenant,
Au nez de tous et de tous à la vue,
Il lui faisait faire au coin de la rue
Ce que jamais n'y fait un habitant.

Or, sérieux comme juge de Flandre,
Quand notre sire, une minute ou deux,
Etait contraint patiemment d'attendre
Que le lévrier accroupi de son mieux
Eût bien rendu tout ce que devait rendre,
Tant l'un et l'autre étaient disgracieux
Que l'un pour l'autre on aurait pu les prendre.
De ce détail je demande pardon,
Mais suis-je ici forcé de sousentendre
Ce qu'a souvent Courbet mis au Salon ?

J'arrive au trait final de mon sermon.
Rude Atropos sur cette rude terre,
Hommes ou chiens, ne nous épargne guère ;
Nous sommes tous sujets à ses ciseaux ;
C'est le destin ; et le vendeur de peaux
Eût, en perdant son compagnon fidèle,
De telle loi la preuve fort cruelle.
O nuit terrible, épouvantable nuit,
Où retentit comme un coup de tonnerre
Cette nouvelle au saint Crépin amère :
« Hion se meurt, Hion est mort ». Le bruit
Que le vieillard aussitôt fit entendre,
De leur demeure obligea de descendre
Voisine en coiffe et voisin en bonnet.
« Qu'est donc cela ? l-on dirait un damné

Qui de l'enfer arrive pour nous prendre. »
— « las ! mes voisins » répond le boutiquier
« C'est mon Hion, mon pauvre et cher lévrier
Qui dans mes bras vient à l'instant de rendre
Son jappement suprême, lui, l'Argus
Qui me sauva trente cinq mille écus. »
Argent sauvé croissait de plus en plus ;
Pour mieux prouver qu'Hion était habile,
S'avait osé, notre homme eût dit cent mille.

Foule à la fin laissa le corroyeur
A sa pleine aise épancher sa douleur.
Quelques amis pourtant chez lui restèrent
Et jusqu'au jour avec lui sanglotèrent :
Entre voisins on doit n'avoir qu'un cœur.
A donc ainsi les heures s'écoulèrent,
Et, lorsqu'au ciel revint l'astre brillant,
Lorsque fallut porter Hion en terre,
Que les pleureurs gratuits et le marchand,
Le front au sol, l'œuil mouillé, le pas lent,
Durent former le convoi funéraire,
On aurait dit le grave enterrement
D'un mainteneur des jeux Floraux, d'un père
Illustrissime ou d'un apothicaire.
De geindre brin ils ne faillaient. Aussi
Leur jetait-on un regard ébahi,

Et blamait-on en eux l'excès d'un zèle
Permis à peine aux peuples Indiens.
« Or çà ! messieurs, » dit jente jouvencelle,
Des spectateurs rompant les entretiens
« Laissez chacun pleurer en paix les siens. »

CONTE X

LA MÉTEMPSICOSE

Dans le néant est-ce que la mort jette
Les animaux ? Ont-ils un paradis
Et d'un enfer la flamme qui rachette
Tous les gigots mangés les vendredis ?
Ont-ils une âme et sensible et pensante
Comme leur roi ? *That is the question.*
Locke a dit oui, Descartes a dit non.
Hé bien ! pour clore une discussion
Qui sans cela serait longtemps pendante,
Au lieu d'une âme, admettons-en nonante.

Et pourquoi pas ? N'a-t-on pas vu des chiens
Amis plus vrais que beaucoup de chrétiens ?
Maître renard n'est-il pas le Sosie
De don Jésuite ? un tigre au créancier
Certes ressemble ; un ours vaut un banquier ;
Et sûrement l'éléphant de l'Asie
A dans son nez trois fois plus de génie
Que l'avocat Navello tout entier.

Partageons donc l'avis de Pythagore :
« Lorsqu'Atropos a coupé notre fil,
Nous renaissons et revenons » dit-il
« Un autre corps faire mouvoir encore ».
Point cependant ne me jugez épris
De pareil dogme au fond de l'Inde appris,
Dévots lecteurs m'en feraient trop un crime ;
Je crois en Dieu, quoique je mange gras ;
Et de la sorte ores si je m'exprime,
C'est que mon conte est juste dans ce cas.
On peut nier que l-on devienne bête
Après la mort ; mais je connais des gens
Qui prouveraient d'une manière nette
Qu'ils durent être animaux dans le temps.

Hé ! je vous prie, où seraient à cette heure
Ces ruminants que l'histoire nota ?

Le bœuf de qui Memphis fut la demeure,
La vache Io, la chèvre que téta
Feu Jupiter, et la petite biche
Qui dans les bois Geneviève allaita ?
Bien plus que Trimm tel animal est riche
En renommée. On connait ce lion
Pour Androclès plein de reconnaissance,
Cet autre que gardait chez lui Néron
Cet autre plein de pitié dans Florence,
Cet autre que notre Jules Gérard
Comme lévrier menait dans le douhar ;
On sait quel fut l'ami de confiance
Du grand saint Roch ; quel fut le compagnon
De saint Antoine, un saint qui dut, je pense,
Truffes aimer ; enfin de Pelisson
On se rappelle encor la pauvre aragne...
Et tout cela serait mort sans retour,
Evaporé comme dans la campagne
Un peu d'aiguail aux premiers feux du jour !
Ja m'est avis que dans le corps des bêtes
Dieu met d'abord des âmes incomplètes,
Des rudiments, et qu'ensuite de là
Il les envoie occuper dessus terre
Celui d'un pâtre, ou d'un apothicaire,
Ou d'un neveu de l'oncle Loyola ;
De là peutètre elles deviennment anges.

Ma foi ! j'ai lu des rêves plus étranges.
Cette doctrine au moins, de l'imparfait
A l'agrément de monter au parfait.
C'est pas si sot, parbleu ! tout compte fait.
Donc je m'y tiens, et voici mon histoire.

Naguère à Digne existait un prélat
De qui vertus brillaient de tel éclat
Que peuple encore en conserve mémoire.
Comme l'apôtre il cédait son manteau,
Au nom du Christ donnait le verre d'eau,
Avait toujours distribué d'avance
Les revenus que lui fesait la France,
Et pour tout bien gardait dans sa maison
Un lit, un banc, un livre d'oraison
Et puis un âne. Homme des évangiles,
Quand il avait prêché l'humilité,
Au lieu d'aller parcourir la cité
Dedans carosse à deux chevaux agiles,
Dessus son âne avec peine monté,
Vous regagnait à pas lents sa demeure.
De tel pasteur l'aumône était meilleure ;
Même Voltaire aurait pressé ses mains ;
Tant est formel que l'exemple aux humains
Seul en impose ! Avis à ces évêques
Dont l'équipage écrase les passants.

Du Christ à pied quand reviendra le temps?
On l'attendra jusqu'aux Kalendes Grecques.

Adonc un jour le pontife expira,
Au ciel s'en fut, et sur terre laissa
Son lit, son banc, son livre, son dit âne:
Quant à la mitre, un autre en hérita.
Lors le baudet qui n'était pas ingrat,
Lourd de chagrin et léger de tisane,
Après avoir langui deux mois, creva.
Or, pour savoir quelle est la destinée
Qu'au mammifère ainsi mort de douleur
Les justes dieux par la suite ont donnée,
J'ai consulté certain magnétiseur,
Et sur le bois d'une table tournante
Nous avons vu tracé ce que je chante.

Un quadrupède et si bon et si doux,
Un quadrupède orné d'oreilles telles
Que Watripon n'en a pas de plus belles,
Un quadrupède ayant sur son dos roux
Porté quinze ans le saint Job à la messe,
Et, s'il trottait dans la nuit par hazard
Entre deux clercs qui le menaient en lesse,
Oncques n'ayant commis le moindre écart,
Un quadrupède à qui gars du village

Que bénissait monseigneur de passage,
Agenouillés rendaient sa part d'hommage,
Un quadrupède enfin que la chanson
Traite partout de maître Aliboron,
(En êtes hui, lecteur, juge vous-même)
Méritait bien la récompense extrême
De devenir chrétien par le baptôme.

Homme on l'a fait ; mais n'appréhendez pas
Que j'aille ci par pure espièglerie
Dire qu'il siège en quelque Académie :
Trop coûserait y causer d'embarras ;
« Lors » direz-vous « quel métier ici-bas
Votre héros Arcadien pratique ? »
Est mon héros professeur de musique.

CONTE XI

L'HIDROPIQUE

—

Proche barrière du Maine
Un gros messer s'installa.
Si gros était, si qu'à peine,
Quand il allait au delà
Respirer l'air de la plaine,
Il pouvait, sans perdre haleine,
Marcher au bras d'un garçon
Et courbé dessus bâton.
Dans l'opinion publique
Il passait pour hidropique ;

Au quel bruit gens de l'octroi
Ajoutaient complète foi ;
Mais il l'était, je vous jure,
Comme à peu près vous et moi.
Contrebande toute pure.

Son faux ventre était un sac
En le quel rhum et cognac
Sans payer entraient ès ville :
Et ce trafic très habile
Nourrissait le malotru.
Mais enfin la tricherie
Fut découverte et punie.
« Jusqu'à présent on a vu »
Dit un gars par raillerie
« Qu'on mourait d'hidropisie,
En a ce messer vécu. »

CONTE XII

LE POULET A LA COMPATRIOTE

—

Supposez-vous en pays étranger,
Un jour de fête, au milieu d'une chambre
Que le loueur, pour vous faire enrager,
Nomme garnie, et n'ayant à manger
Que du pain sec comme un soldat Sicambre.
Que feriez-vous ! Croquant un souvenir
Et dégustant un tarif de liquides.
Vous vous diriez devant vos poches vides
« Qui dort déjeune », et vous iriez dormir.
Pauvre honnête homme ! Une philosophie

Qui doit si mal remplir votre estomac,
Mérite-t-elle encor d'être suivie ?
Vous allez voir comment certain Jarnac
A mon égard, en semblable occurrence,
Se comporta. « Mon cher » dit-il « bonjour.
C'est aujourdhui la Toussaint, et je pense
Que ce poulet que j'ai pris chez Véfour
Après ton plat de modestes carotes,
D'un bon rôti fera très bien les frais.
Donc je m'invite à souper. Tu le sais,
Sans gêne on est entre compatriotes. »

Le lendemain, quand messer Rabelais
A mon coucou fit sonner son quart d'heure.
Du dit rôti, commandé sur mon nom,
Je dus payer la facture au garçon ;
Mais, il est vrai, j'eus pour rien la leçon.
Qu'en votre esprit cette histoire demeure :
Elle a montré qu'il faut le plus souvant
Se méfier du cadeau d'un gourmand :
Et, si par fois, vous soldez une note
Sans la devoir, ajoutez en riant :
« C'est un poulet à la compatriote ».

CONTE XIII

COMMENT ON FAIT BANQUEROUTE

En ce pays qu'arrose la Plata,
A sa négresse un colon expliqua
Quel est le sens de faire *banqueroute.*
« On prend d'autrui les biens et l'on s'en va »
Dit-il « ailleurs vivre de ces biens-là. »
Négresse peu comprend ce qu'elle écoute.
Le lendemain, pendant que le colon
Pérambulait dans sa plantation,
La noire enfant de la brûlante Afrique
En un clin d'œil dépouille le salon.

Lustre, pendule, étagère gothique,
Chaises, fauteuils, tableaux, vases Chinois
Sont enlevés et montés sur les toits.

Rentre le maitre. Il voit dessus sa ferme
Sien mobilier pêle-mêle entassé ;
Et, par devers, debout comme dieu Terme
Et grimaçant ainsi que chimpansé,
Notre négresse. « Ha ! » dit-il « plus de doute,
Ce vol naïf est un malentendu. »
Lors en riant, du milieu de la route,
A son esclave il crie : « hé ! que fais-tu ? ».
— « Maître à moa, *li fassons cambaroule.* »

CONTE XIV

UN COMMANDEMENT DE L'ÉGLISE

—

Un bon ouvrier prénommé Nicolas
Et son voisin, un bon père Jésuite,
Réconfortés par la même eau bénite,
Le même jour passèrent à trépas.
En même temps aussi, devers saint Pierre
Ces trépassés que l-on pleurait sur terre,
De leurs péchés allaient conter les cas.
« J'ai » confessa le tremblant prolétaire
« A mon dîner, quoique le vendredi,
Mangé par fois un morceau de bouilli.

Je dois pourtant ajouter pour mémoire
Que froid était, qu'avec lui je n'avais
Qu'un peu de pain plus dur que ma machoire,
Et qu'à cela jamais je ne pouvais
Joindre un flacon du vin le plus mauvais.
Et cependant au travail pouvez croire
Que lourde était ma part de chaque jour. » —
« Bien. Maintenant, pasteur, à votre tour. » —

« Ho ! » roucoula le suffisant vicaire
« Moi, je suis pur, sans péché, Dieu merci !
Oncques je n'ai manqué le vendredi
De maigre faire. » — « Et » demanda saint Pierre
« Que mangiez-vous ? » — « Tout ce que dessus terre,
En fait de maigre, a permis le saint Père
Au saint clergé. Par exemple : du flan,
Du thon, du lait, des huîtres, du merlan,
Des petits pois, des truffes, de la crème,
Certains gâteaux formulés par Carème,
Les plus beaux fruits des précoces saisons,
Les plus beaux...»—«Bien. Et qu'aviez pour boissons?» —
« Le chambertin, le bordeaux, le madère,
L'aï mousseux, formaient mon ordinaire ;
Puis le café, le rhum, évidemment. » —

« Bien » dit alors saint Pierre d'un ton aigre

« Je m'en vais rendre ores un jugement
Dont Salomon se montrerait allègre.
Au paradis, vous, pauvre Nicolas,
Gras vous ferez comme cettui fit maigre ;
Et vous, l'abbé, chez le noir Satanas,
Maigre ferez comme l'autre fit gras. »

CONTE XV

LE PAPE ET LE CONGRÈS

A Bâle étant assemblé le Concile
Pour faire un pape, un évêque parla
Et dit : « Très chers, puisque nous sommes là,
Ja m'est avis que nous serait facile
De secouer l'affreux joug du Vigile.
Plus ne donnons ni tiare ni cles
A dévotieux, et choisissons pour pape
Quelqu'un qui veuille au maigre de l'agape
Substituer le maigre des poulets ». —
« Oui da ! » chacun répondit — « la viande

Plus que légume est juteuse et friande :
Et comme moi vous devez moult souffrir
De la croquer toujours de contrebande.
Sur telle loi nous faut donc revenir. » —
« Par la sambleu ! » s'écrièrent les autres
« Raison avez ; et l'univers verra
Icelle fois succéder aux apôtres
Un théatin qui dira patenotres
Mais vendredi la chair nous permettra. »

Or, en l'époque, au couvent de Ripaille
Vivait un duc, un bon duc Savoyard,
Ayant bien mis son sceptre à la muraille
A fin de ceindre et le froc et la hart,
Ains ayant peu souffert à cela faire.
Onc en effet ne fut dans monastère
Moine pareil pour mener bonne chère,
Pour vider maint rouge-bord coup sur coup ;
Pour dépasser notre brave Henri Quatre
Dans ce talent qui n'était pas de battre,
De battre?.. Ho non, il s'en faut de beaucoup.
A ce duc-là s'arrêta le concile.
On le tira du cloître, et, sous le nom
De Félix V, il géra l'évangile.
Jugez s'il fut un pape sans façon !
Le saint Esprit se fit-il à sa taille ?

Où s'en fut-il ? Qu'en pensent gens dévots ?
Dans tous les cas, nous « la sainte canaille »,
A ce scandale avons gagné deux mots,
Car depuis lors manger rares morceaux
En buvant dru se dit « faire ripaille ».

CONTE XVI

IL Y A FAGOT ET FAGOT

Criâtes-vous jamais haro sur l'allumette ?
Veuillez lire à l'instant cette humble historiette,
Et vous crîrez après, j'en suis sûr. A Paris,
Si les femmes n'ont pas à l'égard des maris
Plus qu'ailleurs de scrupule, en revanche les hommes
Sans y mordre pourraient voir les bibliques pommes,
Du moins les pharmaciens. L'esprit de ces messieurs
Possède ce qu'il faut pour arriver aux cieux.
Jugez-en.

     L'autre soir, j'avais mal à la tête

Je souffrais ce que dut souffrir, en accouchant
D'ARBOGASTE, Viennet notre immortel poète.
Mes tempes dans les mains, demi-fou, trébuchant,
Je cours au boulevard au quel la ville Russe
Prise par Pelissier a dû céder son nom ;
Et, d'un apothicaire enfonçant l'huis profond,
« De l'opium, monsieur, » lui criai-je « et du bon. —
Est-ce pour vous ? — Parbleu ! pas pour le roi de Prusse.
Vous ne voyez donc pas cette inflammation ? —
Je ne puis. — Ne pouvez ! Qu'est cela ? Quelque astuce
De cupide marchand. Je suis fort étonné. —
Et de quoi ? L'opium est un succédané
D'arsenic, un toxique, et sans due ordonnance
Du médecin jamais... — Je n'en connais aucun. —
Tant pis ! — mais voulez-vous, en eussé-je quelqu'un,
Que j'aille de trois francs augmenter ma dépense,
(Car faudrait bien payer la visite, je pense)
Lorsque je puis avoir la drogue pour trois sous ? —
Poison, et sans billet onc ici l-on n'en touche —
Mais, monsieur, donnez-m'en simplement une mouche :
Je me l'appliquerai sur la peau devant vous. —
Poison, poison. — Hé bien ! je m'en vais de ce pas
Chez un petit vendeur de poivre et de gingembre
Acheter un paquet d'allumettes ; et, puis,
En les faisant tremper dans de l'eau, je me pique
Avec elle d'occire et vous et votre clique.

Vaut bien la peine lors de faire si grands bruits.
Pour un brin d'opium !

                    Voilà les us de France.

A Pierre l'on permet ce qu'on défend à Paul.
Or j'ai trouvé le mot de cette différence :
Au susdit boulevard fils de Sébastopol,
De même qu'à Lyon, de même qu'à Faïence.
Faut que le médecin vive de l'ordonnance,
Et *fricat asellus asellum.* Je le dis
Et le redis : toujours on tondra les brebis.

CONTE XVII

FRANCHISE OBLIGE

Un frater dont la panse ronde
Et la figure rubiconde
Prouvaient qu'il plaçait Savarin
Au dessus de saint Augustin,
Passait un jour sur un chemin
En rêvant... sans doute à Joconde
Etait ce jour un vendredi.
Tout à coup à l'ombre d'un hêtre
Il vise un cantonnier blotti
Qui, sérieux comme un mufti

Pour la troisième fois peutêtre
Déjeunait. Loin de l'œil du maitre,
Cantonniers ont tant appétit !

Or le peu vaillant prolétaire
A son pain avait cru devoir
Joindre tranche de lard. Que faire ?
Au sermon comment se soustraire ?
On venait de l'apercevoir ;
Et, pour comble de désespoir,
De son péché si détestable,
Péché mortel, péché maudit,
Ses doigts encor dans leur repli
Tenaient la preuve irrécusable :
Fallut se résigner, fallut
Attendre que sur son chef nu
Eclatât le pieux tonnerre.
Mais l'autre, n'étant plus en chaire,
Sur la différence des plats
Parla sans feinte au pauvre hère.
« Va ! » lui dit-il, ne rougis pas,
Mon maigre vaut mieux que ton gras. »

CONTE XVIII

LES DEUX CONVIVES

—

Dinant en chasse Henri Quatre voulut
Qu'on lui menât le gars le plus notable
En balourdise. On prit un pauvre diable,
Sieur Garnemont. Il le mit à sa table.
« De Garnemont à Garnement sais-tu »
Dit le bon roi « quelle est la différence ? » —
« Entre les deux m'est avis qu'est la mense »
Répondit l'autre avec pleine assurance.
Ventre-saint-gris ! qui s'y fut attendu ?

———

CONTE XIX

TENEO LUPUM AURIBUS

—

Au temps maudit où chaque gentil homme
Se croyait fait d'une autre chair que nous,
Certain baron plus fier qu'un pape à Rome
Caracolait près de Chatel-de-Joux.
Conformément à son maître, la bête
Portait avec grande fierté la tête :
On aurait dit le centaure d'orgueil.
S'offre un bosquet. L'if et le chèvrefeuil
De ce bosquet formaient toute l'essence,
Comme autrefois au jardin de Boileau.

Or du milieu du dit bosquet s'avance
Un chatelois qui conduisait un veau.
Tel animal qu'attend la boucherie
Onéques n'avait montré telle furie.
Il bondissait, courait, ruait, sautait,
Se démenait, se tordait, s'emportait
Affreusement ; et notre pauvre diable
Pour retenir un veau si furieux
Certes prenait une peine effroyable.
Par chaque oreille il tenait de son mieux
Le demi bœuf.

        Le baron orgueilleux
Voyant cela parut ne le voir guère.
« Qu'est ça, vilain ? » dit-il au piteux hère
« Sans saluer, tu croises ton seigneur ;
Attends un brin, que je te fasse pendre » —
« Ho ! » répondit d'un air assez railleur
Le villageois « si vous daignez descendre
Et me tenir ici ce méchant veau,
Je consens bien à lever mon chapeau. »
Qui fut surpris ? Ce fut le hobereau.

CONTE XX

OU LE CHAPEAU FAIT LE ROI

—

Henri Quatre est le seul homme peutêtre
Qui se soit fait pardonner d'être roi.
Le bon Henri, loin d'inspirer l'effroi,
Loin de traiter ses sujets en fier maître,
Sut les traiter toujours de vous à moi.
La poule au pot était un vœu sincère :
Il l'a prouvé dans mainte occasion ;
L'économie était sa règle austère ;
Et ses propos amusants pourraient faire
Un livre cher à notre nation.

Un certain jour, au bois ce diable à quatre
Qui tant savait boire, chasser et battre,
Avait chassé beaucoup et beaucoup bu.
Lors, quoique brin il n'eut mis en pratique
L'autre talent que la chanson indique,
Il s'égara. Certes il aurait pu
Sonner du cor comme un Rolland épique ;
Il préféra, son mousquet à la main,
Chercher lui-même à tâtons son chemin.
C'est des Gascons assez le caractère,
Des Béarnais ce l'est aussi ; dès lors
Comment eut-il Henri fait le contraire ?

Après beaucoup de détours et d'efforts,
Dans le fourré comme dans la clairière,
Après une heure ou deux ou voire trois,
Notre Nemrod atteignit la chaumière
D'un paysan. Là commençait le bois,
Ou plutôt là le bois avait un terme.
A l'égaré qu'aigüillonnait la faim
Elle apparut comme une grosse ferme.
On s'entendit très vite sans latin.
Voici le lard, la piquette et le pain
Qui sont placés au milieu d'une table
Qu'a recouverte un napperon bien blanc.
Pas de fauteuil, un simple petit banc

Un peu boiteux, mais quel appétit franc !
Le Louvre n'eut jamais repas semblable.

« Vous êtes donc de la suite du roi »
Dit le rustaud, après plusieurs demandes
Et gais devis « Hé bien! faites-le moi
Voir d'assez près, et je serai ma foi !
Trop bien payé de mes humbles offrandes. » —
« Ho ! qu'à cela ne tienne » répondit
Le faux seigneur « tu vas seller ta bête ».
Le campagnard passa son bel habit ;
Ensuite, l'un en dos et l'autre en tête,
Au rendez-vous de chasse on se rendit.
Tel équipage offrait pauvrette mine
Assurément. Néanmoins on chemine,
Que fallait-il de plus pour le moment ?
Enfin au fond d'une agreste ravine
On aperçoit le royal campement
D'où s'échappait maint joyeux aboîment.

« De grands vassaux, l'ami, tu vois ce groupe ? »
Au conducteur dit le messire en croupe.
« Quand nous serons arrivés chacun d'eux
Hormis un seul se mettra tête nue.
Celui qu'ainsi couvert verront tes ieux
Sera le roi. » La chose est convenue.

A l'amble, au pas, au trot, tant bien que mal,

On arriva : c'était le principal.

On s'arrêta. Tous les gens de la chasse

Incontinent entourent le cheval,

Le feutre aux mains, le respect à la face.

« Ventre-saint-gris ! sais-tu quel est le roi ? »

Dit Henri Quatre, en s'adressant au drole,

Et lui frappant finement sur l'épaule. —

« Dam ! » celui-ci répond « c'est vous ou moi ».

CONTE XXI

L'AVOUÉ GLOUTON

—

Le procureur Dina, de la cité d'Isaure,
  De l'aube au vêpre et du soir à l'aurore,
S'en va jetant l'ordure à chaque piédestal;
Des poètes surtout il dit le plus grand mal.
  Parcequ'aux Grecs, contre nos douces rimes,
  Platon légua de piteuses maximes,
Lui traite les sonnets de véritables crimes :
  Il croit ainsi se donner noble ton,
  Et ressembler un tantet à Platon.
Si nous devons juger des hommes par le ventre,

Il a presque raison, car un sublime chantre
        Très rarement est un mangeur cité.
Du procureur Dina l'estomac au contraire,
Semble aux sept estomacs du pesant dromadaire
Etre à lui seul égal comme capacité.
        A fin d'avoir à piquer l'assiette,
Notre gratte-dossier toujours se met en quête
        Chez les amis ; il ne rêve que fête,
        Noce d'épouse et baptême d'enfant.
        Son appétit est même si plaisant
Que pour voir seulement ses machoires de taille
D'aucuns l'ont invité par fois à leur ripaille.
        De ce héros du boire et du manger
Voici du reste un trait qui point n'est gasconnade.

        Un beau matin qu'il était fort malade
        Et qu'il avait ordre exprès de jeuner,
        On voulut voir s'il saurait se borner.
        Quelqu'un, au lieu d'une tisane fade,
        Lui vient offrir un diner carrément.
Notre homme d'abord montre assez d'étonnement ;
        Mais du quelqu'un la charmante quelqu'une
        Sans périphrase et sans façon aucune
Entre alors, refait l'offre et, lui prenant la main,
        Rit de son pouls et de son médecin.
Douce tentation ! il hésitait. Enfin...

Enfin le fils qui trempait dans la ligue
Se présente à son tour avecque force éclat
Et lui dit : « cher ami, nous avons certain plat...
Tu vas voir... ce plat seul vaut un peu de fatigue »

Que voulez-vous qu'il fît contre trois ? Qu'il *Dinat.*

CONTE XXII

SE RECONNAITRE

On soutenait un jour qu'à tel droguiste,
Adorateur de l'ex-dieu Trismégiste,
Plus ne devaient les chalands acheter,
Par la raison facile à démontrer
Qu'il ne tenait chez lui que de la drogue.
C'est de Jocrisse un bon mot à citer,
Si ce n'est pas une épigramme rogue,
Dans mon journal qui passait pour piquant,
Je répétai la bourde. Le marchand,
Fier qu'un journal parlât de sa personne,

Dans ce propos inséré plaisamment
N'entrevoyait que réclame assez bonne,
Mais sa moitié, grace au γνωτι σχυτον,
Vit autre chose en telle expression,
Cette moitié, sous sa robe princière,
Gardait toujours les us d'une chambrière :
Son seul plaisir était jaser d'autrui,
Qui ne pouvait lui jamais avoir nui,
Ni ne daigna jamais s'occuper d'elle,
Par cela même à sa langue cruelle
Etait livré. Le journal elle voit.
Soudain, poussant des grondements de dogue :
« Ha ! tu n'as rien ici que de la drogue ! »
Dit-elle « et dans ce mot tu trouves... quoi ?...
De la réclame, ô cerveau trop étroit.
Ce chroniqueur méchant, ce méchant homme,
Si par instinct je l'ai toujours haï,
C'est que mon cœur flairait un ennemi,
Point dans sa phrase ores il ne me nomme,
Mais, à moins d'être une bête de somme
Ou de n'avoir que les ieux d'un mari,
Les gens de moi voient très bien qu'il s'agit. »

Ainsi soit-il, madame. La malice,
Vous la mettiez vous même. A donc l'auteur,
Quand il croyait n'être que gai conteur
Est tout surpris d'avoir rendu justice.

———————

CONTE XXIII

LA SEMENCE FÉCONDE

—

Ma douce enfant, écoutez cette histoire.
Elle fera peutêtre en votre cœur
Naître et germer comme une sainte fleur
La charité ; du moins vous pourrez croire,
Après l'avoir suivie exactement,
Que toute aumône est un sûr placement.

Un écloppé, dans l'antique Marseille,
Depuis trente ans, au coin d'un carrefour,
D'un armateur recevait chaque jour

Le même son qu'il avait eu la veille.
Le mendiant l'appelait son « patron »;
Et celui-ci, quand sur l'ex-prolétaire
Tombait par fois la conversation,
Ne l'appelait que « son pensionnaire ».
Entre le pauvre et le patricien
S'était formé par suite un vrai lien;
Et, sans jamais s'adresser la parole,
L'un recueillait sa régulière obole,
L'autre donnait cette part de son bien.
Petite part, soit, mais Dieu dans l'aumône
Voit moins le prix que l'air dont on la donne.
Aussi, quand vient la dure adversité,
Pour l'armateur l'arbre de charité
Porta des fruits d'admirable beauté.

Un certain soir que l'homme à la sébile,
Selon les us, se tenait immobile,
Son bienfaiteur passa les ieux baissés.
Gesticulant, marchant à pas pressés,
Pour ainsi dire, en fuite de la ville,
Dans sa tristesse il s'absorbait si bien
Qu'il oublia le son quotidien.
Oubli pareil n'était chose anodine,
Des maux étaient écrits sur cette mine.
L'estropié, quoique ne sachant rien,

Sentit soudain se serrer sa poitrine.

Quitter son angle, aller adroitement

Questionner bourgeois du voisinage,

Ce fut pour lui l'affaire d'un moment.

O déconfort ! un redoutable orage

Avait détruit sur le même rivage

Les trois vaisseaux du digne Marseillais,

Et dans le gouffre Atlantique à jamais

Avaient sombré toutes ses espérances.

En ce temps-là, l'ancre des assurances

N'était forgée, et souvent sur les mers

Succès prévu se changeait en revers.

Le mendiant sous sa rugueuse écorce

Grande avait l'âme : en apprenant cet heur,

Il s'en alla chez l'honnête armateur,

Furtivement, sans témoin discoureur,

Presque honteux, mais porté par la force

Qu'un but pieux donne aux pieuses gens.

« Monsieur, » dit-il « depuis plus de trente ans,

Avec la joie assise à votre table,

Avez été pour moi fort charitable,

Et j'ai toujours reçu vos sous vaillants.

Ores c'est vous que le chagrin terrasse.

Daignez, monsieur, me permettre par grâce

De vous offrir le pécule que j'ai :

Je resterai moi seul votre obligé. »
Le marseillais sentit à sa paupière
Poindre des pleurs. Il saisit une main
De cet ami tombé sur son chemin ;
Et, la pressant d'énergique manière,
Il répondit : « combien vous êtes bon !
Je prends un peu de consolation,
Merci, merci, mais ma ruine est entière ;
A quoi pourraient me servir aujourdhui
Quelques cents francs? Il m'en faudrait cent mille»
— « Hébien ! monsieur, n'ayez plus tant d'ennui :
Justement j'ai cela dans mon réduit. »
Le sauveur, humble au gré de l'évangile,
Semblait n'oser dire « mon domicile ».

Le fait pourtant était vrai. Le vieillard
Avait monté de liard en liard,
Jusqu'aux écus, puis à la pièce jaune
S'était d'écus en écus élevé
Et puis, l'épargne emplifiant l'aumône,
Etait enfin aux billets arrivé.
Les faibles Riou vont bien former le Rhône,
La goutte d'eau creuse bien le granit !
Le nouveau Job, en qui la conscience
Resplendissait, de cet argent bénit
Et proposé par la reconnaissance

Put accepter la magnifique avance.
Bientôt son zèle et son habileté
Eurent contraint la Fortune indocile
A revenir sous son toit respecté ;
Et tout le monde admira dans la ville
Ces deux lutteurs de générosité.

Une morale est sous ma poésie,
Retenez-là, ma fillette chérie :
Quel que soit l'âge et quel que soit le lieu,
La bienfaisance est toujours chose pie.
Ce doigt du pauvre était le doigt de Dieu.

CONTE XXIV

LE SOU DÉTOURNÉ

—

Ce qu'on destine aux pauvres est leur bien.
Qui donc dérobe ou détourne une aumône,
Fait action que n'approuve personne,
Et dont rougit son ange gardien.
Ma fille, il faut sur si douces maximes
Vous façonner l'âme : la charité
N'est que le sceau dont Jésus a marqué
Les petits cœurs que la société
Devra plus tard proclamer magnanimes.
Les frais bambins ont ce gentil devoir ;

Et secourir, à l'angle du trottoir,
Le malheureux qu'amaigrit la détresse,
Presque toujours leur vaut une caresse,
Car un sourire alors serait trop peu.
Il est noté sur les livres de Dieu
L'enfant qui vide ainsi sa tirelire !
Or, puisque seul on me laisse un moment,
Et pour qu'un jour votre œuil puisse la lire,
Je vais, en vers rimés mentalement
Mais qu'écrira bientôt votre maman,
A ce sujet vous fixer une histoire ;
Mieux qu'un précepte elle vous fera croire
Que chaque sou d'une sébile oté
Est par des pleurs posthumes racheté.

Chez des amis se trouvait une amie,
Dans un village où depuis le matin
Avait battu le joyeux tambourin,
Et gens s'étaient montrés en compagnie.
C'était ce saint que le cicle du temps
Fait revenir une fois tous les ans,
Au grand bonheur de vous autres enfants.
Lorsque eut cessé le moindre bruit de fête,
Qu'eut disparu la dernière bluette
Du dernier feu sur tout l'horizon noir,
Devant le lit d'une chambre proprette

On conduisit l'invitée, et... « Bonsoir ».
Mais le souhait resta sans influence :
La dame point n'arrivait au sommeil.
Elle avait beau tomber en somnolence,
Certain espoir, certaine prescience,
Un ne sais quoi, la tenaient en éveil:
Elle flairait quelque chose d'étrange.
Enfin, après un moment assez long
De telle attente et telle émotion,
Elle entrevit une apparition.
En robe blanche et vaporeuse, un ange
C'était placé contre une table droit,
Et là cherchait à prendre avec le doigt
Un mince objet caché dans la rainure.
Dura la chose une minute ou deux,
Et puis plus rien. L'autre ferma les ieux,
Et du repos goûta le charme heureux.

Quand l'astre roi rendit à la nature
Le riche éclat de sa riche parure,
Ce qu'elle crut ? Ce fut d'avoir rêvé.
Comme c'était le premier achevé,
Bien s'acheva le second jour de fête...
Repas, veillée, alitement, minuit...
Lors, ô terreur! l'ombre de la fillette
Une autre fois s'évertua sans bruit

A retirer l'objet de la cachette.
La dame émue interrogea du cœur,
Et par le cœur il lui semblait comprendre
Ce que semblait l'ombre lui faire entendre.
« J'ai mérité le courroux du Seigneur.
Ma mère, un soir, pour en faire l'aumône,
M'avait remis un petit sou ; mais moi,
Je le cachais par ici. C'est pourquoi,
Au lieu d'avoir au ciel une couronne,
Je suis punie ; et mes maux dureront
Tant que ce sou sera dans la maison. »
Il lui sembla de plus que le fantôme
A cet aveu mêlait triste soupir.
A l'aube prime, elle n'eut qu'un désir :
Vite conter le miracle à l'hôtesse.
Pour celle-ci quel renaissant chagrin !
Quatre ans passés, l'implacable destin
Avait détruit son seul fruit de tendresse
Et desséché les germes de son sein.
Elle comprit aussitôt, pauvre mère !
Elle courut au vieux meuble, et derrière
Parut le sou distrait du mendiant.
Quels souvenirs ! quel attendrissement !
Jamais tableau si noble et si touchant.
D'émotion les deux femmes pleurèrent,
Et puis aux pieds d'un christ s'agenouillèrent,

Et maintenant dirai-je qu'on alla
Le sou jeter dans le tronc de l'hospice,
Après avoir adjoint à ce sou-là
Un louis d'or jaune comme un calice ?
Ai-je besoin d'ajouter qu'en ces lieux,
Débarrassé de son souci pieux,
Fantôme plus ne descendit des cieux ?
Votre air pensif, ô ma fille chérie,
Et vos regards mouillés répondent « non ».
Croyez qu'au fond des célestes splendeurs,
Pour vous garder la pureté des fleurs,
Elle à son tour par gratitude prie.

CONTE XXV

OSTÉOLOGIE

—

En voici bien d'un autre : seulement
Conte ce n'est cette fois, c'est histoire.
Dans le Brésil, advint commandement
A race blanche autant qu'à race noire
D'avoir un champ commun d'enterrement,
Et de ne plus inhumer ès églises.
Voire les gens possesseurs de caveaux
Furent forcés de vider les locaux,
Et d'emporter chacun son père Anchise.
Perdant ainsi leur place au temple saint,

Ils recevaient en échange un terrain.
Cettui transfert, une dona Française
Le commença pour son mari défunt ;
Mais, quoique étant une veuve à son aise,
Par peur des frais, raison assez mauvaise,
Point n'arriva jusques au champ commun.
« Et que fit-elle alors ? » dira quelqu'un.
Ce qu'elle fit est juste ma donnée.
Patientez, et suivez mon récit.

Avaient passé là-dessus mainte année,
De plus régnait un deuxième himénée.
Le vif est là. Le deuxième mari
De je ne sais quel mal était malade :
D'où sombre humeur, caractère maussade,
Heures de boude, et querelles aussi.
Or chaque fois la créole en colère,
D'un ton plus fier que Don Balesteros,
L'apostrophait en termes de corsaire :
« J'ai ferme espoir de te racler les os ».
Ces rudes mots de menace, Ugoline
Pour quelque temps appaisaient l'héroïne.
Adonc un soir qu'elle était au sermon,
Voulut enfin le pauvre Mascarille
Touchant le vrai contenu d'un caisson
Qu'elle traitait de meuble de famille,

Savoir l'énigme et regarder au fond.
Pince et martel prenant d'une main sûre,
Il fit voler en éclats la serrure,
S'en repentit. Le coffre contenait
D'un être humain la complète ossature.
Le tout avait été rendu plus net
Que des étriers fourbis à la gourmette.
En os sinon en chair, c'était bien lui,
Lui le mari des autrefois, celui
Qu'avait gardé la dona de cachette.
Or, comme au temps de la translation,
Débris de nerf et débris de tendon
Etaient restés adhérants au squelette,
Elle l'avait pris dans l'appartement
A fin d'en faire un digne nettoîment.
Là, plusieurs jours, minutieusement,
Pleine d'attraits pour ce travail funèbre,
Depuis l'orteil jusques au médius,
Du lourd fémur au léger radius,
De l'omoplate à la moindre vertèbre,
Elle avait tout soumis au racloir. (sic)

. . . .

Adonc, devant ce coquet ossuaire,
Qui transformait l'énigme en chose claire,
Crut le mari marcher sur un aspic.

Vite il manda son nègre le moins bête ;
Le quel en terre et loin des bâtiments
Courut enfouir les susdits ossements,
Quoique râclés d'une façon parfaite.

Voilà comment, sans savoir le latin,
Avait été cette dame Jourdain
Ostéologue autant que romantique ;
Voilà du mot qu'aux lèvres du Colon
Jetait Macbeth en irritation
La curieuse interprétation ;
Voilà le cas en tous points véridique
Qu'un mien ami de Nice m'a cité,
A son heureux retour des Antipodes;
Enfin, mauvais ou bons, de mon côté,
Pour le lecteur qui n'aime pas les odes,
Voilà les vers où je l'ai raconté.

TABLE GÉNÉRALE

—

CONTES

BULLETIN BIBLIOGRAPHIQUE

DES TRAVAUX D'ÉMILE NÉGRIN

Le Beau ciel de Cannes, poésies à Toulouse, 1855, chez Savy, 172-115 millimètres, 180 pages, 1 franc 50 centimes.

Artistes vivants du Midi: RICHARD, peintre paysagiste, étude biographique, à Toulouse, 1857, chez Troyes, 164-105 millimètres, 23 pages, édicté par Rocamir, 50 centimes.

Artistes vivants du Midi: LOMAGNE, violoniste compositeur, étude biographique, à Toulouse, 1857, chez Savy, 178-112 millimètres, 24 pages, édicté par Rocamir, 50 centimes.

L'Union des artistes, journal hebdomadaire, à Toulouse, 1857, chez Troyes, Émile Négrin rédacteur en chef.

La Folle du lac d'Oo, poème à Toulouse, 1857, chez Savy, 170-110 millimètres, 116 et IV pages, 1 franc.

Le Courrier des artistes, journal hebdomadaire, à Toulouse, du 12 d'out 1858 au 11 d'out 1859, chez Savy, Émile Négrin, propriétaire et rédacteur en chef.

Bouquets d'épigrammes à offrir aux rédacteurs du JOURNAL DE TOULOUSE, le 1er mai de chaque année, poésies, à Bordeaux, 1859, chez Gounouilhou, 118-77 millimètres, 28 pages, 50 centimes.

Artistes vivants du Midi : LOMAGNE, violoniste, compositeur, étude biographique, à Toulouse, 1859, chez Savy, deuxième édition.

Sus aux logogriphes, diatribes contre le JOURNAL DE GRASSE, à Toulouse, sans date (1859), chez Savy, 145-94 millimètres, 32 pages, 50 centimes.

Contes Francks, poésies, à Nice, 1862, chez Canis. 162-108 millimètres, VIII et 150 pages, 1 franc.

Silhouette du jardin Public de Nice, étude fantaisiste, à Nice, 1862, chez Caisson, 112-71 millimètres, 86 pages, édité par Visconti, 50 centimes.

La Folle du lac d'Oo, poème, à Nice, 1862, chez Caisson, 152-97 millimètres, 76 et IV pages, 2ᵉ édition, 13 sous.

Les Promenades de Nice, guide des étrangers, à Nice, sans date (1862), chez Cauvin, 165-105 millimètres, 310 et VI pages, une carte, 2 francs.

Les Promenades de Nice, guide des étrangers, à Nice, 1863, chez Faraud, 157-107 millimètres, 361 pages, un panorama, un plan, une carte, 76 vignettes lithométalliques dans texte, 2ᵉ édition, 3 francs.

Poésies complètes, à Nice, 1864, chez Gauthier, 190-120 millimètres, 292 pages, 3 fr 50 centimes.

Grammaire Française des gens du monde, à Nice, 1864, à l'imprimerie Administrative, 226-144 millimètres, 116 pages, 1 franc.

Nice-portefeuille, petit guide pratique, à Nice, sans date (1864), à l'imprimerie Administrative, 118-80 millimètres, 48 pages, 20 centimes.

De la fixation de la langue Française, mémoire au ministre Duruy, Nice, 1865, chez Caisson et Mignon, 182-120 millimètres, 39 pages, 65 centimes.

Les Fleurs de Cannes, poésies, à Nice, 1865, à l'imprimerie Administrative, 180-115 millimètres, 133 et XLII pages, 2 francs.

Les Contes Gaulois, poésies, à Turin, 1866, sans nom d'imprimeur, 190-167 millimètres, 316 et VIII pages, portrait de l'auteur, 169 exemplaires numérotés, réduits à 115, sur papier colorié, 10 francs.

Les Promenades de Nice, guide des Étrangers, à Nice, 1866, à l'imprimerie Administrative, 165-110 millimètres, 356 pages, un plan, une carte, une planche de musique, 16 gravures xilographiques hors texte, 3ᵉ édition, 2 fr 50 centimes.

Les Simples rimes, poésies, à Nice, 1867, à l'imprimerie Administrative, 183-116 millimètres, 202 et XIV pages, 2 francs.

La Folle du lac d'Oo, poème, à Nice, 1868, à l'imprimerie Administrative, 183-116 millimètres, 84 et III pages, 4ᵉ édition, 1 franc.

Les Epigrammes, poésies, à Nice, 1868, chez Gilletta, 137-90 millimètres, 256 pages, 4e édition. 1 fr· 50 centimes.

La vraie règle des noms composés et des locutions substantives, à Nice, 1868, chez Gilletta, 203-37 millimètres 71 pages, 1 franc.

Traité rationnel des majuscules, à Nice, 1868, chez Gilletta, 203-137 millimètres, 38 pages, 65 centimes.

La Cansoun doù brèn, ballade Provençale, paroles et musique d'Emile Négrin, à Nice, 1868, édité par Gilletta, 1 franc.

La Nissarda, romance Provençale, paroles d'Emile Négrin, musique de Joseph Orsini, à Nice, 1868, édité par Gilletta, 1 franc

Les Odes, souvenir des villes de soleil, poésies, à Nice, 1869, chez Gilletta, 190-120 millimètres, 136 et XXXVII pages, 5e édition, 3 fr· 50 centimes.

Les Promenades de Nice, guide des étrangers, à Nice,1869, chez Gilletta, 165-110 millimètres, 392 pages, deux cartes, un plan, 66 gravures clichées dans texte. 4e édition, 2 francs.

Dictionnaire réciproque de la langue Française, où on trouve les mots inconnus et on retrouve les mots oubliés, à Nice, 1870, chez Gilletta, 182-120 millimètres, VIII et 351 pages à 2 colonnes, 4 francs.

Œuvres poétiques, *tome II*, LES CONTES GAULOIS, à Antibes, 1870, chez Marchand, 187-117 millimètres, 342 et II pages, 3e édition, 3 francs.

Factum dans l'affaire de succession paternelle, à Antibes,1870, chez Marchand, 187-117 millimètres, 104 pages, sans prix.

Lou cri doù troubaire, poésies Provençales contre les Allemands, à Nice, 1870, chez Cauvin, 125-90 millimètres, 60 et IV pages, édité par Barbéry, 10 sous.

Œuvres poétiques, *tome III*, LES POÉSIES LÉGÈRES, à Antibes, 1871, chez Marchand, 187-117 millimètres, 336 et XXIV pages, 4e édition, 3 francs.

Les Chants des villes de soleil, complément du guide, à Antibes, 1872, chez Marchand, 165-110 millimètres, 196 et XX pages, édité par Visconti, 2 francs.

Œuvres poétiques, *tome IV*, LES ÉPIGRAMMES, à Antibes, 1872, chez Marchand, 187-117 millimètres, 339 et XXV pages, 6e édition, 3 fr· 50 centimes.

Œuvres poétiques, *tome VIII*, LEIZ ARGIÉRAC, poésies Provençales, à Nice, 1873, chez Verani, 187-117 millimètres, 309 et XXXVI pages, 2e édition, 3 fr· 75 centimes.

Principes orthographiques de la langue Provençale, à Nice, 1873, chez Verani, 187-117 millimètres, 36 pages, 75 centimes.

Œuvres poétiques, *tome V et VI.* LES ÉPITRES ET LES POÈMES, à Nice, 1874, chez Verani, 187-117 millimètres, 300 et XXIII pages, 4ᵉ édition, 3 fr· 75 centimes.

Œuvres poétiques, *tome VII.* LES POÉSIES LIRIQUES, à Nice, 1874, chez Verani, 187-117 millimètres, 317 et XIX pages, 7ᵉ édition, 3 fr 75 centimes.

Œuvres poétiques, *tome I.* LES CONTES COURANTS avec introduction et controverses philologiques, à Nice, 1875, chez Verani, 187-117 millimètres, 314 et VI pages, 2ᵉ édition, 3 fr 50 centimes.

Les Amours du foyer, charmante édition Elzévirienne (sous presse).

Les 36 sonnets du poète aveugle, charmante édition Elzévirienne (sous presse).